正岡子規　人生のことば

復本一郎
Ichiro Fukumoto

Eurus

Notus

Zephyrus

岩波新書
1660

はじめに

折にふれて繙《ひもと》く雑誌がある。真中に「子規追悼集」と朱で印刷されている。表紙全体は、子規門の洋画家下村為山《しもむらいざん》（俳号、牛歩《ぎゅうほ》）描くところの子規庵庭前の様子を模様化したもので、海松《みる》色を主としたものである。全一五九ページの浩瀚であるが、背文字は印刷されていない。明治三五年（一九〇二）九月一九日に数え年三六歳（満年齢では三四歳）の若さで没した明治の文豪正岡子規の百カ日追悼として、同年一二月二七日に発行された俳誌「ホトヽギス」の第六巻第四号特別号である。この雑誌を偶然、古書目録によって入手してから、すでに二十数年が経過したことになる。テープ等で補修して愛読してきたが、かなり傷んでしまった。

この追悼集の編者は、高浜虚子《たかはまきよし》。巻末の「消息」欄に、

> 追悼集といふもの大方は無味なる弔句、弔文等を儀式的に并《なら》べたるが古来よりの例に候へど、其《それ》は見て誠に心地悪しき者に候。子規居士は勿論《もちろん》好まれ間敷《まじく》候。

と記し、既存の追悼集とは一味違った追悼集を目指したとしている。「追悼集としては本集は甚《はなは》だ不完全なる者」と謙遜しつつも、追悼句、追悼会稿等を極力割愛し、諸家の「事実を記したる文章」を積極的に掲出したユニークな追悼集となっている（いわば言行録的なもの）。各種追悼文のみならず、二五枚の子規肖像写真をはじめとして、ゆかりの品々の写真類も貴重であり、何度繙いても飽きることがない。

中でも強く惹かれた追悼文が、河東碧梧桐《かわひがしへきごとう》、高浜虚子、石井露月《いしいろげつ》と並んで、子規門の四天王ともいうべき佐藤紅緑《さとうこうろく》の「子規翁」であった。子規の恩人、日本新聞社社長陸羯南《くがかつなん》の玄関番として津軽（青森県）より上京した紅緑が、子規との出会いから別れまでを、時に子規の箴言《しんげん》ともいうべき言葉を紹介しつつ綴っている。

私は、紅緑のこの「子規翁」によって、すっかり子規好きになってしまった。紅緑にとっての子規の魅力が語られているのではあるが、それはひとり紅緑にとっての魅力、のみならず、不特定多数の人々にとっても限りなく魅力的な子規の言動ではないかと思われる。少なくとも私は、紅緑と同様、すっかり子規の俘《とりこ》になってしまった。俳人子規の魅力というよりも、むしろ人間子規の魅力である。子規に関心を持ち、子規を研究対象と定めてのこの二十数年であったが、人間子規から多くのことを学ぶことができた。その俳句を通して、その短歌を通して、その俳論を通して、その歌論を通して、その文章を通して、そして書簡を通して。ただ単に研究対象としての子規がいるという以上に、見ぬ世の友としての子規を感じることができたのである。これは大きな幸せであった。その端緒が、紅緑の「子規翁」であった。

紅緑は、「子規翁」の中で、子規の魅力を左のように語っている。今日でも十分に傾聴に値しよう。

> 翁は無邪気な人を愛する。謙遜な人を愛する。研究的に学んで行く人を愛する。口よりも手の人を愛する。議論も批評も実際的である。好んで人の言を容《い》るゝ。人の欠点を見る事は寧《むし》ろ鈍な方で、人の長所を認めるには極めて鋭敏である。自ら信ずる所は飽くまでも強硬である代りに、自ら知らぬ事は勇んで人に聴く事を好む。非常な負け嫌いである代りに、一旦自説の非を覚れば、殆《ほと》んど別人の如くそれを改める。

子規より七歳年少の紅緑が、一〇年の間、子規の身近に接して理会した魅力である。冒頭の「翁」は、むろん子規のこと。紅緑が子規を「翁」と呼ぶようになったのは、明治二九年(一八九六）六月二四日からであるという。このとき子規、三〇歳。紅緑は、そのことを、「余《よ》は廿四日帰省の時、短冊《たんざく》に何か書けと命ぜられたので、子規先生に留別《りゅうべつ》と書かうと思つたが、先生といはるゝを嫌ふて居《お》つたから、君にしやうかと思つたが、是は無論失礼であると思ひ、即ち子規翁に留別と書いたので、其《そ》れを見せたら笑つて居られた。其れからは余はいつでも翁と称したのである」と語っている。以下には、子規の魅力が列挙されている。どれもが、今日においても十分に魅力的な美質と言ってよいものであろう。中で、「口よりも手の人を愛する」とは、理論よりも、実践ということであろう。子規は、頭でっかちの人を嫌ったのである。子規自身について見ても、必ず実践がともなっていた。俳句革新にしても、短歌革新にしても、自らの理論に、その作品を近付けるべく努めている。続く「議論も批評も実際的である」とは、その謂《いい》であろう。

その一つを、明治三一年（一八九八）一一月二四日付で紅緑に認《したた》められた手紙の中に見える俳句に関する言葉で見ておきたい。子規は、この手紙の末尾に「僕ハ此《この》頃、非常ニ苦吟スルヤウニナツタ」と伝え、その理由を「ドーシテモ実景ニ遠ザカツテハダメデス」と語っている。子規が唱えた「実景」「実見」を重んじる「写生」俳句を実践し得なくなってしまった歯痒《はがゆ》さを訴えているのである。当時、時に人力車で郊外に行くことはあっても、すでに脊椎《せきつい》カリエスによる臥褥《がじょく》の生活を余儀なくさせられていたのである。そんな子規は、紅緑に「足の二本あるものはドコへでも行くがよい、家に引っ籠って俳句が出来る筈がない」とアドバイスしたという。子規は、「机上詩人」になることを極度に嫌ったのであった。

紅緑の愛娘《まなむすめ》佐藤愛子は、随筆「しきせんせい」(『子規全集』月報5)の中で、紅緑が「先生」と呼ぶ人は、「しきせんせい」(正岡子規)と「くがせんせい」(陸羯南)の二人だけだったことを伝え、「子規について語る時の父の口調には、敬意と慕わしさが溢れていた」と述べている。そして「父は子規から、俳句ばかりでなく日常の暮し方、考え方、生き方、沢山のことを教えられた」とも記している。

私も、この「ホトヽギス」第六巻第四号「子規追悼集」を入手し、紅緑の「子規翁」に目を通したのをきっかけに、子規の全著作を通して「日常の暮し方」「考え方」「生き方」等、たくさんのことを教えられている。

本書は、私が子規の著作から受けたもろもろの感動を、読者の皆様にも是非味わっていただきたく、まとめたものである。もともとは、子規没後百年に当たる平成一四年(二〇〇二)より「神奈川大学評論」(年三回発行)に一五年にわたって連載してきたものに(第四二、四四―五四、五七、五九―八五号。現在も連載中)大幅に加筆、削除を施しながら一書としての体裁を整えたものである。その時の気分に従って気儘に書き継いできたものに一書としての構成を定め、見出し等を付けて下さったのは、岩波新書編集部の杉田守康氏である。細部に至るまで丁寧にお目通しいただき、種々のアドバイスをもいただいた。それらの点では、杉田氏との共同作業によって誕生した一書とも言える。心より御礼申し上げたい。連載執筆時から私が注意したことといえば、可能な限り文学の領域に踏み込まないようにしたことであった。それは、子規の文学に対する言葉ではなく、あくまでも「人生のことば」を聴きたかったからである。もし、本書に特色があるとすれば、そのあたりにあるのではなかろうか。病《やまい》と格闘しつつも、周りの人々を明るく、元気にさせた、その秘密を探ってみたかったのである。

　ところで、紅緑は、後日、もう一度、人間子規の魅力を語っている。その言葉に耳を傾けていただくことによって、本書中の子規の言葉を理解する一助としていただければ、と思っている。

　それを窺《うかが》うことができるのは、昭和九年（一九三四）九月一五日発行の「日本及日本人」第三〇五号「子規居士三十三年記念号」に紅緑が寄せている随筆（追悼文）「糸瓜棚の下にて」において。

先生には底の知れぬ魅力があつた。触るゝ所のものを皆な同化してしまふのだ。其点《そのてん》に至ると一種の宗教的魅力といつてもいゝ位だ。いつでも若々しい事、天空海闊《てんくうかいかつ》な事、度量の広い事、親切である事、自分に対して厳正なる事、他の非を忍容する事、いつまでも研究的である事、金銭に淡泊である事、胸襟《きょうきん》を披《ひら》いて人に接する事等々。挙げて数ふべからずだ。

先の「子規翁」において紅緑が語っていた人間子規の魅力よりも、より多岐にわたり整理されて語られている。全九項目。いずれもが人間にとって欠くべからざる美質と言ってよいであろう。

私の子規研究は、紅緑に導かれつつはじまった。そんなことで、最初の著作は『佐藤紅緑　子規が愛した俳人』(岩波書店)であった。この著作にしてから、出版後、すでに一五年が経過している。以後、大小一〇冊の子規関係の著作をまとめる機会を与えられ、そして今ここに一一冊目の著作が誕生しようとしている。その原点にあったのが、紅緑が語った人間子規の魅力であった。

今、本書によって、人間子規の魅力の一端にでも触れていただき、病子規から逆に元気をもらっていただけたならば、著者としてこんなにうれしいことはない。本書をきっかけとして、一人でも多くの子規好きが誕生することを念じてやまない。

最後に兼好の『徒然草』第一三段の一部を引いておく。

ひとり灯《ともしび》のもとに文《ふみ》をひろげて、見ぬ世の人を友とするぞ、こよなうなぐさむわざなる。

平成二九年(二〇一七)一月吉日

子規生誕百五十年を迎えた年に

横浜無聊庵にて

復本一郎

目　次

目　次

子規のテキスト引用は、『子規全集』(全二二巻・別巻三巻、講談社)に拠った。ただし、漢字は通用の字体に改め、ふりがな・句読点を加えるなど、若干の整理をおこなった。また、〔　〕内は著者による注記である。

泣

明治三二年六月下旬、歌人阪井《さかい》久良伎《くらき》が撮影した子規（子規庵寄託資料）

生きているから、弱音もはく

腰の疾に罹りて

立たんとす腰のつがひの冴《さ》え返る

（明29）

送秋山真之米国行

君を送りて思ふことあり蚊《か》帳《や》に泣く

（明30）

別人

来年や葵さいてもあはれまじ

（明30）

をとゝひは咯痰きのふは発熱

今日は又足が痛みぬ五月雨　（明31）

寒暖計八十五度

病人ニ八十五度ノ残暑カナ　（明34）

柿くふも今年ばかりと思ひけり　（明34）

1　僕ハモーダメニナツテシマツタ

僕ハモーダメニナツテシマツタ、毎日訳《わけ》モナク号泣シテ居ルヤウナ次第ダ、ソレダカラ新聞雑誌ヘモ少シモ書カヌ。手紙ハ一切廃止。ソレダカラ御無沙汰シテスマヌ。今夜ハフト思ヒツイテ特別ニ手紙ヲカク。

明治三四年一一月六日付夏目漱石宛子規書簡

*

俳句革新・短歌革新・文章革新を為《な》し遂《と》げた正岡子規は、慶応三年（一八六七）の生まれ。三六歳（数え年。以下同じ）の若さで没したのは、明治三五年（一九〇二）九月一九日。今年平成二九年（二〇一七）は、生誕一五〇年ということになる。そこで、子規の書き残した随筆、書簡等を繙《ひもと》きながら、その人間的魅力を子規自身の言葉の中に探ってみることにしたい。

右は、子規自《みずか》らが「畏友」（『筆まかせ』第一編、「交際」の項）と呼んだところの夏目漱石宛の手紙の中の言葉。漱石との交遊がはじまったのは、明治二二年（一八八九）一月のこと。第一高等中学校（明治一九年四月に東京大学予備門より改更）の友人として。当時を回想して、漱石は、子規のことを「非常に好き嫌いのあつた人で、滅多に人と交際などはしなかつた。僕だけどういふものか交際した」と語っている（子規七回忌に当たっての談話「正岡子規」）。若き日の子規の一面であろう。また「一体正岡は無《む》暗《やみ》に手紙をよこした男で、其《そ》れに対する分量はこちらからも遣《や》つた」とも語っている。今日残っている漱石宛の手紙は、全部で五三通。その最後の手紙が右のもの。

子規は、明治二九年（一八九六）二月より結核性カリエスのため臥褥《がじょく》の生活を余儀無くされたが、この手紙を認《したた》めている明治三四年（一九〇一）五月より、病状が一段と悪化し、時に苦痛のために癇癪《かんしゃく》を起こす、といった状態であったようである。

手紙の別の箇所には「僕ハ迚《とて》モ君ニ再会スルコトハ出来ヌト思フ」とも記されている。このとき、漱石は、ロンドンに留学中。いかなる思いで、この手紙を読んだであろう。『吾輩ハ猫デアル』中篇の序（明治三九年一一月）にこの手紙をそっくりそのまま引用紹介している。そこには「此時子規は余程の重体で、手紙の文句も頗《すこぶ》る悲酸であつたから、情誼上何か認《したた》めてやりたいと思つたものの（中略）つい其儘《そのまま》にして居るうちに子規は死んで仕舞つた」と書き付けている。

2　僕ヲ愚痴ニシタノハ、病気ダヨ

コレ程《ほど》僕ヲ愚痴ニシタノハ、病気ダヨ。尤《もつと》モ僕ハ筆ヲトルト物ヲ仰山《ぎようさん》ニ書ク方ダカラ、喀《かつ》血《けつ》以前でも「病身である」だの「先づ無事でゐる」だのと書いて、菊池に笑はれた事がある。此《この》手紙などを見せたら、菊池ハ腹の中で笑ふであらう。それハ笑はれても仕方が無い。僕もめゝしい事でいひたくないのだ。けれど、いはないでゐるといつ迄《まで》も不平が去《さ》らぬ。斯《こ》う仰山にいつてしまふと、あとは忘れたやうになつて、心が平《たいら》かになる。

明治三三年二月一二日付夏目漱石宛子規書簡

*

これも夏目漱石宛の手紙の中の言葉。「例の愚痴談だからヒマナ時に読んで呉《く》れ玉《たま》へ」と書きはじめられている。そして「僕ノ愚痴ヲ聞クダケマジメニ聞テ、後デ善《よ》イ加減ニ笑ツテクレルノハ君デアラウト思ツテ、君ニ向ツテイフノダカラ、貧乏鬮《くじ》引イタト思ツテ笑ツテクレ玉《たま》へ」と綴っている。子規にとっての漱石とは、そんなかけがえのない存在だったのである。右の一節は「心が平かになる」と結ばれているが、漱石に「愚痴」をこぼすことによって、病子規の心は、随分穏やかになったものであろう。子規没後、漱石は、親しみを込めて「こちらが無《む》暗《やみ》に自分を立てようとしたら、迚《と》ても円滑な交際の出来る男ではなかつた」（「正岡子規」）と語っている。

右の一節に見える「菊池」は、菊池《きくち》謙二《けんじ》郎《ろう》のこと。号、仙湖《せんこ》。明治一六年（一八八三）に入学した共立学校、そして翌年入学の東京大学予備門での同窓生。予備門での子規の親しい仲間「七変人」の一人。子規は仲間より、「郷友若《もし》クハ親友」に対しては「我儘」であるが、「多数ノ友人或ハ教師」に対しては「猫前ノ鼠ノ如シ」と評されている（「七変人評論」）。「物ヲ仰山ニ書ク」の「仰山」は、子規の故郷伊予（愛媛）の方言。大袈裟なことをいう。実際以上に大袈裟に表現する傾向があるというのである。

ただし、一方で、子規には韜晦《とうかい》癖も見てとれる。右の手紙の中には「浣腸」と「繃帯替」についての「此《この》二ツガ同時ニ行ハネバナラヌ事故《ゆえ》、下痢症ニ掛ツタトキハ何トモ致方《いたしかた》ナク、非常ノ困難ヲ窮《きわ》メ候」との報告までがなされていて、二人の親密さにびっくりさせられる。漱石に長文の手紙を認《したた》め、「愚痴」をこぼすことによって、子規は、病苦による精神の不安定な状態から解放されたのであろう。

3

錐に錆を生ず

英雄には、髀《ひ》肉《にく》の嘆《たん》といふ事がある。文人には、筆硯生塵《ひっけんちりをしょうず》といふ事がある。余《よ》も此頃《このごろ》「錐錆《きりさび》を生ず」といふ嘆を起した。此《こ》の錐といふのは千枚通しの手《て》丈夫《じょうぶ》な錐であつて、之《これ》を買うてから十年余りになるであらう。これは俳句分類といふ書物の編纂をして居た時に常に使ふて居たもので、其《その》頃は毎日五枚や十枚の半紙に穴をあけて、其《そ》の書中に綴込まぬ事はなかつたのである。それ故《ゆえ》、錐が鋭利といふわけでは無いけれど、錐の外面は常に光を放《はな》つて極めて滑らかであつた。何十枚の紙も容易《たやす》く突き通されたのである。それが今日《きょう》不図《ふと》手に取つて見たところが、全く錆《さ》びてしまつて、二、三枚の紙を通すのにも、錆の為に妨げられて快《よ》く通らない。俳句分類の編纂は、三年程前から全く放擲《ほうてき》してしまつて居るのである。「錐に錆を生ず」といふ嘆を起さゞるを得ない。

『病牀六尺』

＊

『病牀六尺《びょうしょうろくしゃく》』は、明治三五年(一九〇二)五月五日から九月一七日(死の二日前)に至るまで、

「日本新聞」に連載した随筆。子規没後すぐの一〇月一二日に香奠《こうでん》返しとして出版された『子規随筆』（吉川弘文館）の中に、「墨汁一滴《ぼくじゅういってき》」「春色秋光」とともに収められている。

右の言葉は、六月三〇日付で発表されたものの全文。まず、むずかしい箇所のいくつかを解決しておく。「髀肉の嘆」とは、戦場を駆けめぐることがなく、股《もも》の肉が肥え太ったことを嘆いた三国志の英雄劉備《りゅうび》に関する故事から転じて、手腕を発揮する機会がないことを嘆くこと。「筆硯生塵」は、文筆の業を怠ることであろう。「手丈夫」は、つくりがしっかりしていること、堅牢《けんろう》なこと。

文中の「俳句分類」は、本書でもたびたび言及することになるが、子規畢生《ひっせい》の大事業。江戸時代の俳句を通史的に収集して、それを、様々に分類したもの。明治二二年（一八八九）ごろに着手したものと思われる。時に、子規、二三歳。明治二八年（一八九五）一二月一〇日付の五百《いお》木飄亭《きひょうてい》宛の手紙の中で自《みずか》ら「創業の功を奏したる俳句類題全集」と言っているので、「創業」の誇りをもって挑戦した大事業であったことがわかる。

それが、病《やまい》のため三年間滞《とどこお》っているというのである。勉強家子規の「錐に錆を生ず」の嘆が理解し得ようというものである。

4 ほんの生きてゐるといふ迄

一日も早く行くべき処へ行くが、自分のため、又人のためと存候。死別の悲みは飼犬に死なれてもあることなれども、それもいつか一度はあることなれば、一年早からうが、五年遅からうが同じこと也。いつその事早く死んでア、惜しい事をしたといはれたが花かとも存候。(中略)尤《もっと》も御承知の病気なれば案外死《しに》もせでまだ多少は生きのびるかも知れず候。万一、生きのびるなら生きて居る間の頭の働如何《いかん》は、今より気遣敷《きづかわしく》候。今日のやうな有様にては、ほんの生きてゐるといふ迄《まで》にて、新聞さへろくには得見《え》ず、釣の話のみ面白く覚え、其外《そのほか》は時に水滸伝をひもとく位の事に候。

明治三〇年六月一六日付夏目漱石宛子規書簡

*

この手紙は、熊本市合羽《かっぱ》町二三七住、第五高等学校教授時代の、親友漱石に宛ててのもの。この年明治三〇年(一八九七)五月末、三九度以上の高熱が四、五日続き、「今度は大方あの世へ行く」との思いになった直後の小康状態の間に執筆されたもの。手紙の末尾に、今朝、無聊《ぶりよう》軽快に任せ、くり事申上候。蓋《けだ》し病牀に在ては親など近くして心弱きことも申されねば、却《かえつ》て千里外の貴兄に向つて思ふ事もらし候。

と記している。三一歳の子規と漱石。子規にとって、親にも話しづらい「くり事」（愚痴）を綴ることができる漱石がいたことは、どんなに救われたことであろう。死を強烈に意識しつつも、一方では「尤も御承知の病気なれば案外死もせでまだ多少は生きのびるかも知れず候」との生への執着を吐露する子規なのであった。

ただし、子規にとって、生きるということは、ただ漫然とこの世に命を繋ぎ止めておけばよいということではなかった。やりたいこと、やらなければならないことが山積していたのである。それゆえ、「生きて居る間の頭の働」は、大いに気になるところであったわけである。「ほんの生きてゐるといふ迄」の生き方ならば「いつその事早く死んでア、惜しい事をしたといはれたが花」との思いにとらわれる子規だったのである。そんな自分の心中《しんちゅう》を理解してくれるであろうと、子規が確信し得たのが、漱石だったのである。

5　何といふ因業な事にや

昼夜苦み候ため癇癪《かんしやく》ハ常ニ起り候に、内の者の気のきかぬにハ閉口致候。律《りつ》などハ丸で木《ぼく》石《せき》見たやうなものにて、役に立たぬのミか、常ニ病人を怒らす様なことばかり致居《いたしおり》候。体の弱り候一例を申候へバ、股の垢を少しアルコールにて拭き候ひしに四十度の熱起り、頭の髪を刈り髯《ひげ》を剃り候へば三十九度の熱起り候。他ハ御推察被下度《くだされたく》候。昨夜抔《など》ハ熱少しも無く候へども、どことなく苦しく、矢張《やはり》泣きわめき申候。夜ハ先《まず》眠られず、少し眠れば寐汗かき申候。どちら向いても体痛く難堪故《たえがたきゆえ》、天井より綱をぶらさげ、畳にハ環をつけて、それへも紐をつけ、両手へあちこちの紐を引張《ひっぱり》、やう〱寝返《ねがえり》、身動きなど致居《いたしおり》候。何といふ因業《いんごう》な事にやと我ながら愛想尽き申候。せめて飯《めし》くふ間だけどうかして楽な体の置様ハ無之《これなき》やと存候へども思ふやうにハ成不申《もうさず》候。

明治三四年六月一日付大原恒徳宛子規書簡

*

子規の病牀の具体的な様子が窺《うかが》える貴重な書簡である。名宛人の大原恒徳《おおはらつねのり》は、子規の母八重《やえ》の弟。子規にとっては叔父となる。松山市湊町四丁目一九住。第五十二国立銀行勤務。子規の後見人。その気安さからであろう、子規は、病状の苦しさを詳細に吐露している。妹律《りつ》への不満について縷々《るる》語っているのは、明治三四年（一九〇一）九月二〇日、二一日の非公開の随筆的日記『仰臥漫録《ぎようがまんろく》』（後出13参照）であるが、それより三カ月も早く、本書簡において恒徳に右のごとく訴えているのは、大いに注目されていい。

「律などハ丸で木石見たやうなものにて、役に立たぬのミか、常ニ病人を怒らす様なことばかり致居候」——随分思い切った物言いのように思われるが、これだけでは、子規の不満を解消することにはならなかったようである。その鬱積《うつせき》が『仰臥漫録』の記述として爆発したのであろう。『仰臥漫録』は、「律ハ理窟ヅメノ女也《なり》。同感、同情ノ無キ木石ノ如キ女也。義務的ニ病人ヲ介抱スルコトハスレドモ、同情的ニ病人ヲ慰ムルコトナシ。病人ノ命ズルコトハ何ニテモスレドモ、婉曲ニ諷シタル（遠まわしに言う）コトナドハ少シモ分ラズ」ではじまり、延々と不満が語られている。「天井より綱をぶらさげ、畳にハ環をつけて、それへも紐をつけ、両手へあちこちの紐を引張、やう〳〵寝返、身動きなど致居候」——子規自身によって語られている病牀のなまなましい状況である。

6 金のいること許りにて

医師ハ小生に勧めて今の内養生して早く跡を絶たずんバゆゝしき大患にも立ち至らんと申候へども、金のいること許《ばか》りにて困居《こまりおり》候。今日之処、小生一家の経済ハ迚《とて》も薄給の供給にて立ち難き処なるに、国許《くにもと》之方も彼是財政困難之《の》由申来候次第、覚えず愚痴をこぼし候様に相成候にても御推察被下度《くだされたく》、実ハ病中無聊故《ぶりょうゆえ》、書信の往復でも楽度《たのしみたく》ハ存候得共、前月抔《など》ハ、十四、五日より後ハ一家殆《ほと》んど空虚にて、郵便代に差支《さしつかえ》候次第(固《もと》より陸《くが》ハ今留守中)、御憫察有之度《これありたく》存候。其故《そのゆえ》貴兄のミならずどことも御無沙汰致候。

明治二六年三月一日付五百木飄亭宛子規書簡

*

これが子規の実生活である。その困窮の様が、気の置けない、三歳年少の同郷の友人五百木《いおき》飄亭《ひょうてい》に向かって、率直に吐露されているのである。この明治二六年(一八九三)当時、子規が日本新聞社から受け取っていた月給は、二〇円。公務員の初任給が五〇円の時代であるから(『値

段史年表 明治 大正 昭和』朝日新聞社)、極端に低い。右の記述でも明らかにされているように、当時、血痰に悩まされ、病臥がちの日々が続き、その無聊を文通によって慰さめんとしても、切手代(「郵便代」)にも事欠く有様《ありさま》だったのである(当時、二匁まで二銭)。半月は一文無し(「空虚」)、文字通り、赤貧洗うが如しといった状態だったのである。なにかと心配をしてくれていた恩人、日本新聞社社長陸羯南《くがかつなん》は、体調を崩し、鎌倉で療養中。にっちもさっちも行かない、といったところ。

　この手紙の少し前、二月六日付で叔父の大原恒徳に宛てた手紙の中には、「十銭の会費なくして、ある必用なる談話会に出席出来ず、而《しか》して大雪の中をごと〳〵と下駄ふるひながら帰宅仕候時などは、今から考へて見ればをかしき事にて、一生の紀念と相成可申《もうすべく》候。呵々」との一節も見えるのである。「十銭」(天どん一杯が三銭の時代)の会費が払えなくて会合に参加できず、雪の中を下駄を鳴らしながら帰ってきたというのである。もはや笑うよりほかなかったのであろう。そんな中で俳句革新のためにひたすら努力精進を重ねた子規だったのである。我々は、ややもすると、子規の実生活を看過しがちであるが、俳句革新の背後にこのような実生活があったことを忘れてはなるまい。

7 狂死之外無御坐候

群書類従《ぐんしょるいじゅう》御予約之由、健羨《けんせん》々々。真に廉価なる本故《ゆえ》、小生も予約致度《いたしたき》存念ハ山〻なれども、今日の窮状ハ中〻一擲《いってき》十金之余裕無之《これなく》、一家口《くち》を糊《のり》するさへむつかしく、始めて困難といふ事存初《ぞんじそめ》候。此頃《このごろ》ハ雑誌もとらず、新書もとらず、只〻勤倹とのミ心掛申候。それらの為に折〻ハやけ糞の気ニ相成候事も有之《これあり》候へども、未だ絶望不致、毎日〳〵朝から晩迄《まで》俳句調査に熱心致候。幸ニ御放慮奉願《ねがいたてまつり》候。併《しか》シ今日の有様にて最《もう》一年も続き候ハヾ、狂死之外無御坐《ほかござなく》候。類題発句全集ハ段〻に緒につき、殆《ほと》んど等身に相成申候。これが何よりの楽ミに御坐候。

明治二六年一一月三〇日付竹村鍛宛子規書簡

*

名宛人の竹村鍛《たけむらきたう》は、漢学者河東静渓《かわひがしせいけい》(坤《したごう》)の三男。俳号、黄塔《こうとう》、別号、錬卿《れんきょう》。国文学者。慶応元年(一八六五)に生まれて、明治三四年(一九〇一)に没している。子規の友人。河東碧梧桐《かわひがしへきごとう》は弟で、静渓の五男。

鍛（黄塔・錬卿）と子規との書簡の遣り取りの中で、配本がはじまった『群書類従』全二〇巻のことが話題となっていたのであろう。明治二六年（一八九三）から明治二七年（一八九四）にかけて経済雑誌社から刊行されている。活字本ゆえ廉価ではあるが、一家（母八重、妹律）を支えるためには、我慢しなければいけないと言っている。雑誌も新しく出た本も購読せずに、ひたすら倹約に努めていたようである。

人一倍勉強家で、本好きの子規のことゆえ、本が買えないということは、どんなに辛かったであろうか。この状態が続けば「狂死」してしまうというのも、あながち大げさな表現でもなかったように思う。前年（明治二五年）一二月一日より月給一五円で日本新聞社へ出勤しているが（明治二六年一月より二〇円）、当初は、非常勤、あるいは嘱託待遇ということであったのかもしれない。本書簡の別の箇所での、友人の就職を報じる中で「小生許《ばか》り浪人に御坐候」と言っているからである。

子規は、その屈託をエネルギーとして、「俳句分類」の作業に集中していたようである。右の「俳句調査」も「俳句分類」のためのもの。この時点で原稿の山が「殆んど等身に相成申候」と語っているので、明治二二年（一八八九）以来の努力精進ぶりが窺える（後出72参照）。

8　一朝にして財布を掃ふ

私月俸三十円迄《まで》に昇進仕候故《ゆえ》、どうかかうか相暮し可申《もうすべく》とは存候得共、こんなに忙がしくては人力代に毎月五円を要し、其外《そのほか》社にてくふ弁当の如きものや何やかやでも入用有之《これあり》、又交際も相ふゑ（芝居抔《など》にも行き申候）候故、三円や五円は一朝にして財布を掃《はら》ふわけに御座候。近来は書物といふもの殆《ほと》んど一冊も買へぬやうに相成申候。

明治二七年三月八日付大原恒徳宛子規書簡

*

名宛人の大原恒徳《おおはらつねのり》は、先にも述べたように、子規の母八重の弟、すなわち子規の叔父。子規は、この叔父に明治二七年（一八九四）一月八日付の手紙で左のごとく報じている。

此度《このたび》一事業相起り、一身をまかす様に相成申候。一事業とハ、日本新聞社にて絵入小新聞《こしんぶん》を起す事に御坐候（勿論、表向きハ別世帯に御坐候）。就而《ついて》ハ、私が先づ一切編輯担当之事と畧〻《ほぼ》内定致し、来月十一日より発行之積《つも》りに御坐候。

子規は、ここに記されているように、二月一一日創刊の小《こ》新聞《しんぶん》「小日本」の編集長に抜擢されたのであった(七月一五日には終刊しているが)。それによっての月俸三〇円への昇給だったのである(『仰臥漫録』明治三四年九月三〇日の条参照)。これによって、生活はなんとか賄《まかな》えるようになったと言っている。ちなみに明治二七年当時の高等官の初任給は、五〇円である(小学校教員の初任給は、明治三〇年で八円)。子規を編集長に推挙した古《こ》島一雄《じまかずお》(号、一念《いちねん》、俳号、古洲《こしゅう》)は、子規編集の「小日本」を「新聞が出来て見ると、誠に小ぢんまりとした、だれ気味のないそうして品のよいものが出来て来た」(「日本新聞に於ける正岡子規君」)と評している。

この時の子規の健康状態は良好。右の一月八日付の手紙の中でも「此《この》頃の向にてハ身体健康に候間、大概堪《た》へ得べくと存居候」と伝えている。が、編集長としての職務は、多忙を極めていたようである。となると、必然的に人力車(今ならば、さしずめタクシーといったところ)を多用することになる。それに外食費や交際費も嵩《かさ》むことになる。月俸二〇円が、月俸三〇円に昇給しても、昇給分は、諸雑費に消えていく。となると、相変らず本を買うゆとりはないわけで、本好きの子規としては何ともやりきれなかったのである。

9　俗事閑暇を得ず

俗事閑暇を得ず、俳句の研究は中絶の姿に相成、残念に御座候。段々家事抔《など》の苦辛相覚候故《ゆえ》、世の人の、殊《こと》に学士連の閑々として居て大金を攫取《かくしゅ》するは、羨敷《うらやましく》御座候。小生も養老金でももらひ隠居して学問に従事さしてくれなば、一ぱしの学者に成るつもりに候へども、此《この》利口な世の中にそんな間抜けは無き様に候。呵々。

明治二七年三月三一日付大谷是空宛子規書簡

*

名宛人の大谷是空《おおたにぜくう》は、子規と同年の若き日の親しい友人。昭和一四年（一九三九）没、享年七三。この手紙当時は、子規も是空も二八歳。是空は、故郷美作国《みまさか》（岡山県）西北条郡西苫田《にしとまだ》村大字山北住。私立津山普通学校教員（和田克司編著『大谷是空「浪花雑記」――正岡子規との友情の結晶』和泉書院、参照）。

右の一節に先だって、是空に「先月転居致候」と告げている。明治二七年（一八九四）二月一日、恩人陸羯南《くがかつなん》の家の東隣、下谷区上根岸八二番地に転居していたのだった。右の一節で子規が「俗事」と言っているのは、この二月一一日創刊の小《こ》新聞《しんぶん》「小日本」にかかわっての、編集長としての諸々の雑務であろう。先に見た三月八日付の叔父大原恒徳に宛てての手紙で「こんなに忙がしくては人力代に毎月五円を要」することになると報じている。

「俳句の研究」とは、子規の大事業「俳句分類」の仕事。和田克司「正岡子規の俳句分類日付別項目一覧　上」(「大阪成蹊短大紀要」第一六号)によれば、子規は三月二九日、三〇日、三一日、四月一日、二日と「俳句分類」の作業を休んでいる。雑務に忙殺されていたのであろう。子規は前年三月、帝国大学文科大学を「試験の為めに学問をするのはいやだ」(古島一念「日本新聞に於ける正岡子規君」)ということで退学したのであったが、さすがに「学士連」が「閑々として居て大金を攫取する」のをまのあたりにすると「羨敷」なることもあったのであろう。「攫取」は、手に入れる、の意。子規の口から思わず洩れた本音であろうか。勉強好きの子規は、生活にゆとりがあったならば、「一ぱしの学者」になりたいとも洩らしているが、こんな思いもあったのであろう。

10　死んだも同じこと

今に身がへり困難にて、ドチラ向いて寝ても何処かの痛みに障《さわ》り、兎角《とかく》眠りを防ぎ居り候。熱は全く無きかと思へば倏《たちま》ち四十度に上ることもあり不定申《さだまりもうさず》候。世人は又かといふ位にて別に今度の病気に驚きも不申候。小生も亦同じく驚き不申候〔以下代筆〕。しかしつ〴〵と考へ候へば今度の病《やまい》程望なきはあらず候。生死の事は知らず、すわれるといふ望殆《ほとん》ど絶《たえ》申候。すわれぬ程ならば死んだも同じことに候。否徒《いないたずら》に苦痛をなめんよりは死んだ方が余程ましに候。こればかりは毎日屈托致候。

明治三二年六月一日付石井露月宛子規書簡

＊

「身がへり」は、寝返りと同じ。寝ていて身体の向きをかえることである。「防ぎ」は、ここでは、さえぎること。眠りがさまたげられるというのである。自《みずか》らの病状を淡々と語っているが「以下代筆」（虚子は、入院中。代筆者は、妹の律か）以降の文章では、苦衷をストレートに吐露している。

子規が明治三一年（一八九八）三月三〇日発行の「ほとゝぎす」第一五号に掲載した「拝啓」なる文章（後出15参照）の中で、明治三〇年九月頃の様子を、

やう〳〵に蒲団の上に胡坐《こざ》〔あぐらを組むこと〕するが上出来の処に候。

と記し、さらに、

毎日午前十時、十一時頃に起き直りて机を蒲団《ふとん》の上に据ゑて貰ひ、それに倚《よ》りかゝりたる上は一寸《ちつと》も身動きもせず、夜の十二時前後に至り申候、

と綴っている。そんな状態で「俳句分類」の仕事をはじめとして俳論を書き、俳句を作り、読書をする日々であった。が病状は、悪化の一途を辿ったのである。明治三二年（一八九九）には、「胡坐」することもできなくなっていたのである。「すわれるといふ望殆ど絶申候」と記す子規なのであった。しかし、厄月《やくづき》の五月が去り、六月になったということで、同書簡中に「熱は九度以上あつても此頃は飯《めし》くへ申候。此《この》分にては中々死不申候《しにもうさず》」とも記す子規であった。

この手紙を認《したた》めている相手は、子規が信頼している門人の石井《いしい》露《ろ》月《げつ》。当時、京住。子規が就職の周旋を依頼した中川《なかがわ》四《し》明《めい》（後出34参照）の尽力によって東山病院に医師として勤務中。書簡の冒頭部に「病院にクチありし由《よし》、目出度存候」と記し、その結果を喜んでいる。

希

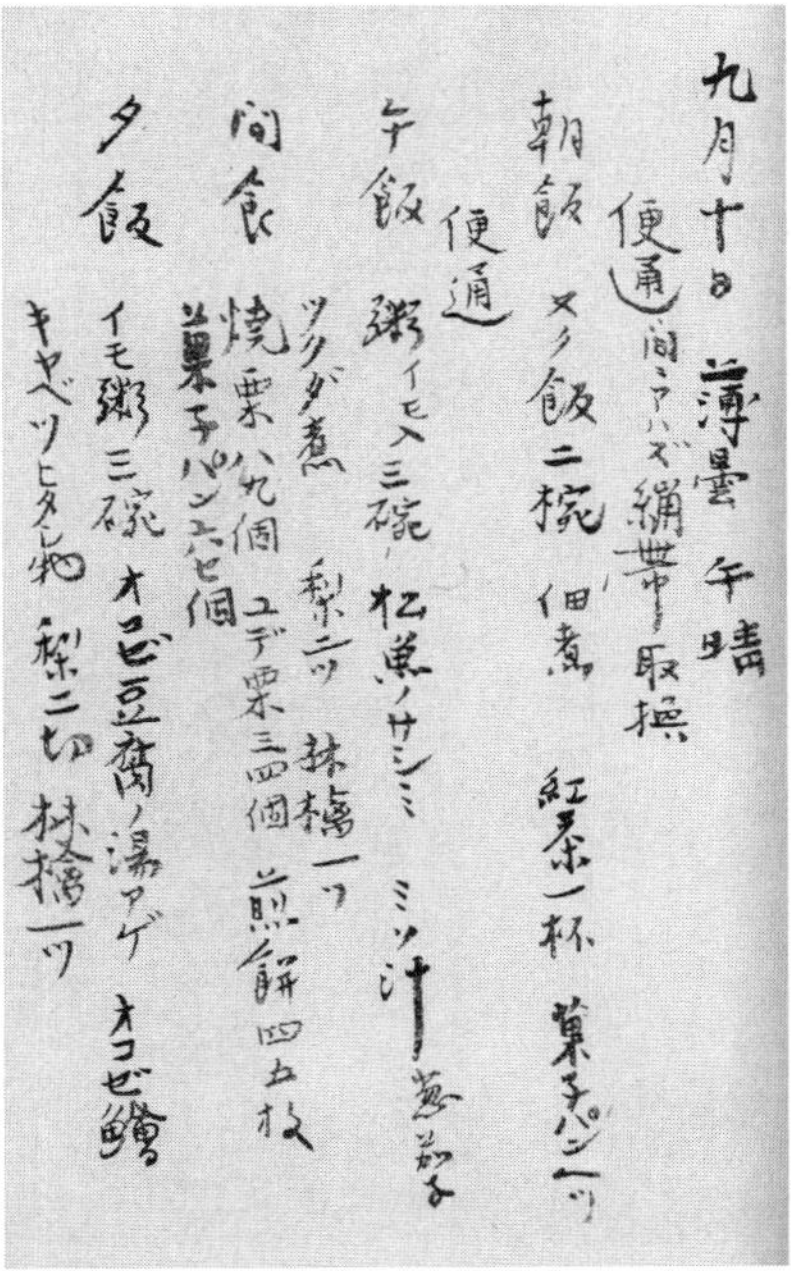

九月十日 薄曇 午晴
便通 間ニアハズ繃帯取換
朝飯 ヌク飯二椀 佃煮 紅茶一杯 菓子パン一ツ
便通
午飯 粥イモ入三碗 松魚ノサシミ ミソ汁葱茄子
ツクダ煮 梨二ツ 林檎一ツ
間食 焼栗八九個 ユデ栗三四個 煎餅四五枚
菓子パン六七個
夕飯 イモ粥三碗 オコゼ豆腐ノ湯アゲ オコゼ鱠
キャベツヒタシ物 梨二切 林檎一ツ

『仰臥漫録』明治三四年九月一〇日の条より

病んでいるから、望みをもつ

自慰

柿くはゞや鬼の泣く詩を作らばや　（明30）

我死にし後は

柿喰ヒの俳句好みしと伝ふべし　（明30）

日本派の句集に画《えが》く菫《すみれ》かな　（明31）

和歌に痩せ俳句に痩せぬ夏男　（明33）

栗《くり》飯《めし》ヤ病人ナガラ大《おお》食《ぐら》ヒ　（明34）

人問ハヾマダ生キテ居《い》ル秋ノ風　（明34）

11　病床六尺ヲ見ルト僅ニ蘇ルノデス

拝啓　僕ノ今日ノ生命ハ「病牀六尺」ニアルノデス　毎朝寐起ニハ死ヌル程苦シイノデス　其《その》中デ新聞ヲアケテ病床《(ママ)》六尺ヲ見ルト僅《わずか》ニ蘇ルノデス　今朝新聞ヲ見タ時ノ苦シサ　病牀六尺ガ無イノデ泣キ出シマシタ　ドーモタマリマセン　若《も》シ出来ルナラ少シデモ(半分デモ)載セテ戴《いただ》イタラ命ガ助カリマス　僕ハコンナ我儘《わがまま》ヲイハネバナラヌ程弱ツテヰルノデス

明治三五年五月一九日頃古島一雄宛子規書簡

*

子規は、明治三五年(一九〇二)五月五日より「日本新聞」に随筆『病牀六尺』の連載を開始した。第一回目は、

病牀六尺、これが我《わが》世界である。しかも此《この》六尺の病牀が余《よ》には広過ぎるのである。僅《わずか》に手を延ばして畳に触れる事はあるが、布団の外へ迄《まで》足を延ばして体をくつろぐ事も出来ない。甚《はなは》だしい時は極端の苦痛に苦しめられて五分《ごぶ》も一寸《いっすん》も体の動けない事がある。苦痛、煩悶、

号泣、痲痺剤《まひざい》、僅《わずか》に一条の活路を死路の内に求めて少しの安楽を貪《むさぼ》る果敢《かかん》なさ、其《それ》でも生きて居ればいひたい事はいひたいもので、毎日見るものは新聞雑誌に限つて居《お》れど、其《それ》さへ読めないで苦しんで居《い》る時も多いが、読めば腹の立つ事、癪《しゃく》にさはる事、たまには何となく嬉しくて為に病苦を忘るゝ様な事が無いでもない。

と書きはじめられている。病子規にとって『病牀六尺』の執筆は、生き甲斐でもあったのである。

ところが、その連載が掲載されていない日があったのである。五月一九日(二〇日、二一日も)。その時のショックを素直に吐露したのが、右の「日本新聞」編集主任古《こ》島《じま》一雄《かずお》宛の手紙である。これで全文。この手紙を受け取った古島は、子規のところに飛んで行って、「君がこんな苦しみの中でそんなにも真剣になつてやつてゐるのなら、これからは必ず毎日出すから」と詫《わ》びたのであった。後日、子規二十七回忌の昭和三年(一九二八)九月一九日発行「日本及日本人」第一六〇号「正岡子規号」に古島は「日本新聞時代の子規」を寄稿し、中で「僕は子規から寄越した「病牀六尺」に関する手紙で、非常に好い学問をした。手紙をもらつて、つく〴〵と、人間は地を代へて物事は考へてみねばいけぬと思つたネ」と語っている。

この連載、死の二日前まで続けられた。

12　気分うきたち候

昨日ハうれしき事ありて、朝来、気分うきたち候故《ゆえ》、急に思ひつきて三時頃より猿楽《さるがく》町に高浜を訪《と》ひ申候。アイスクリームとか西洋料理とか根岸にてハ喰へぬ物を御馳走ニなりて、夜帰り申候。車上は可《か》なり苦しけれども、別ニ故障もなかりしやうに候。高浜の子、女にて去年三月生れなるが、いろ〳〵訳《わけ》の分《わか》らぬ言《こと》などいひて可愛《かわい》らしく候。私も子供一人ほしく候。

明治三二年八月二三日付佐伯政直宛子規書簡

*

明治三二年（一八九九）、子規は、三十三歳。名宛人の佐伯政直《さえきまさなお》は、子規の父方の従兄《いとこ》。愛媛県の第五十二国立銀行今治《いまばり》支店長。近況報告の一節。明治二九年（一八九六）二月以降、結核性のカリエスのために病臥の生活に入っていた子規ではあるが、やや小康状態を保っていたようである。が、この手紙の一節には、「人間も生きて居る間ハ、石のやうにいつまでも寐てばかりハ居られず、それもさきに全快の望ある身ならバ、半年や一年の辛抱ハ如何《いか》やうにも可致《いたすべく》候へども、只死を待つばかりの身の上に少しでも快楽あれバ、快楽のしどくといふものと存候」との文言が見え、胸が痛む。

明治三二年八月二二日、子規は、人力車で高浜虚子を訪問したと報じている。アイスクリームや西洋料理は、虚子の心遣いによるものであったのであろう。アイスクリームは、まだ大変な貴重品であった。この時作った〈一匕《さじ》のアイスクリムや蘇る〉の子規句は、アイスクリーム俳句の嚆矢《こうし》と思われる。明治四二年（一九〇九）六月刊、中谷《なかや》無《む》涯《がい》編『新修歳時記 夏』（俳書堂）がアイスクリームを立項した最初の歳時記。子規のこの句を例句としている。子規は当の虚子にも同日付で礼状を認《したた》めている。「今日は西洋料理難有《ありがたく》候。生憎《あいにく》昼飯を早くくひしため晩飯に頂戴致候処、二皿より上はたべられ不申候。（中略）アイスクリームは近日の好味、早速貪《むさぼ》り申候」と。

虚子の長女真砂子《まさこ》の「可愛らし」さを目《ま》のあたりにして「私も子供一人ほしく候」と綴っている子規。子規の心中を思いやると、なんとも切ない。従兄ゆえにふと洩《も》らした本音であったと思われる。

13 ウマイ物デモ食ヒタイ

余《よ》モ最早飯《めし》ガ食ヘル間ノ長カラザルヲ思ヒ、今ノ内ニウマイ物デモ食ヒタイトイフ野心頻《しき》リニ起リシカド、突飛ナ御馳走(例、料理屋ノ料理ヲ取リヨセテ食フガ如キ)ハ内ノ者ニモ命ジカヌル次第故《ゆえ》、月々ノ小遣銭俄《にわか》ニホシクナリ、種々考ヲ凝《こ》ラシ、モ、書物ヲ売ルヨリ外ニ道ナク、サリトテ売ル程ノ書物モナシ。洋紙本ヤラ端本《はほん》ヤラ売ッテ見タトコロデ、書生ノ頃ベタヽヽト捺《お》シタ獺祭書屋《だつさいしよおく》蔵書印ヲ誰カニ見ラルヽモ恥カキ也。トサマカウサマ〔あれやこれやと〕考ヘタ末、終《つい》ニ虚子ヨリ二十円借ルコトトナリ、已《すで》ニ現金十一円請取《うけと》リタリ、コレハ借銭ト申シテモ返スアテモナク、死後、誰カ返シテクレルダロー位ノコト也。誰モ返サヾルトキハ、家具、家財、書籍、何ニテモ我《わが》内ニアル者持チ行カレテ苦情ナキ者也、トノ証文デモ書イテオクベシ。

『仰臥漫録』

*

『仰臥漫録《ぎょうがまんろく》』は、明治三四年(一九〇一)九月二日から一〇月二九日までの日記、明治三五年

(一九〇二)三月一〇日から一二日までの日記、同年六月二〇日から七月二九日までの「痲痺剤服用日記」、絵画、俳句・短歌等よりなる、自筆の随筆風日記。それ故、生前に公開されることはなかった。公開されたのは、子規没後、明治三八年(一九〇五)一月一日発行の「ホトヽギス」第八巻四号において。長いこと原本の所在が明らかでなかったが、平成一三年(二〇〇一)、東京根岸の子規庵で再発見された。

右の言葉は、『仰臥漫録』中の明治三四年一〇月二五日の条に見えるもの。子規は、病苦の中で、死をはっきりと意識している。そんな中での「ウマイ物デモ食ヒタイトイフ野心」。子規の健啖家、かつ美食家ぶりは、よく知られている。子規自身、「小生唯一の療養法は、「うまい物を喰ふ」に有之候《これあり》」と述べている(後出25参照)。

ただし、家計は楽ではなかった。この当時の子規の月収は、日本新聞社よりの四〇円と「ホトヽギス」からの一〇円、合わせて五〇円であった。子規が書生時代、大学出の初任給が五〇円であったというから、三五歳の子規が、母八重《やえ》、妹律《りつ》の三人で生活するのに、医薬費も含めての毎月五〇円というのは、かなり苦しい家計であったであろう。とても、料理屋の仕出しなど取り寄せることはできない。そこで、虚子より「借銭」ということになったのであるが、子規の筆致は、不思議にユーモラス。しめった悲愴感がない。

14 小さき望かな

人の希望は、初め漠然として大きく、後漸《ようや》く小さく確実になるならひなり。我《わが》病牀に於ける希望は初めより極めて小さく、遠く歩行《ある》き得ずともよし、庭の中だに歩行き得ば、といひしは四、五年前の事なり。其後《そのご》一、二年を経て、歩行き得ずとも立つ事を得ば嬉しからん、と思ひしだに余りに小さき望かなと人にも言ひて笑ひしが、一昨年の夏よりは、立つ事は望まず、座るばかりは病《やまい》の神も許されたきものぞ、などかこつ〔愚痴る〕程になりぬ。しかも希望の縮小は猶《なお》こゝに止《とど》まらず。座る事はともあれ、せめては一時間なりとも苦痛無く安らかに臥し得ば如何《いか》に嬉しからん、とはきのふ今日の我《わが》希望なり。小さき望かな。最早我望もこの上は小さくなり得《え》ぬ程の極度に迄《まで》達したり。

『墨汁一滴』

*

随筆『墨汁一滴《ぼくじゅういってき》』中の明治三四年（一九〇一）一月三一日の記述である。子規の病《やまい》の進行の具合が、少しずつ深刻さを増していたことと、そのような病状に対する子規の精神状態が「希望」という視点から活写されていて、痛ましさを禁じ得ない。

子規が、結核性のカリエスで病臥したのは、明治二九年(一八九六)、三〇歳の時。それ以後の進行具合であるが、この時点では、すでに「苦痛」との闘いだったようである。これより九日前の一月二三日の条には、「病床苦痛に堪《た》へず、あがきつ、うめきつ、身も世もあらぬ心地なり。傍《かたわ》らに二、三人の人あり。其内の一人、人の耳許《ばか》り見て居るとよつぽど変だよ、など話して笑ふ。我は健《すこや》かなる人は、人の耳など見るものなることを始めて知りぬ」と記している。「苦痛」のために「あがき」「うめき」する日々であったのである。「せめては一時間なりとも苦痛無く安らかに臥し得ば如何に嬉しからん」との言葉は、子規にとっては、決して小さくない心底からの「希望」だったのである。

それでも、この時点では、『墨汁一滴』を自ら筆をとって綴っていた。その気魄にはただただ圧倒させられる。そんな子規にとってショックだったのは、翌二月一日の友人竹村黄塔《たけむらこうとう》(本名、鍛《きとう》)の死。享年三七。子規の少年時代の漢学の師河東静渓《かわひがしせいけい》の息(三男、前出7参照)。碧梧桐の兄。彼の唯一の「希望」は、大槻文彦《おおつきふみひこ》の『言海』(明治二二年刊)を超える「字書」を作ること。子規は、その早過ぎる死を「社会のために好字書の成らざりしを悲まんか。我《わが》二十年の交一朝にして絶えたるを悲まんか」(『墨汁一滴』二月七日の条)と悼んでいる。

15　物に負けてしまふ事は大嫌ひ

徹夜して原稿抔《など》認《したた》め居《お》る際、参考書が欲しいと思ふても、労《つか》れて寐たる者を呼び起すのもなどためらふ時も有之《これあり》候。其外《そのほか》、人の処へ分らぬ事を聞きに行かれぬ苦しさ、図書館は近くにありながら行かれぬ苦しさ(尤《もつと》も足の立つ時は図書館などへ行た事無し。足が立たぬと思ふ故《ゆえ》不自由に感ずるなり。呵々)など、数へ尽されず候。併《しか》し物に負けてしまふ事は大嫌ひにて此《この》苦しさに苦しめられながら全く負けてはしまはず。苦しさの中にて出来るだけの仕事を致し居《おり》候。

「拝啓」

*

子規が素直に自己の心境を語っている貴重な言葉(明治三一年三月三〇日発行「ほとゝぎす」第一五号)。この年は、子規にとってすこぶる重要な年。短歌革新の第一声である「歌よみに与ふる書」を「日本新聞」に発表したのも、この年二月一二日付の紙上からである。例の「貫之《つらゆき》は下手な歌よみにて、古今集はくだらぬ集に有之《これあり》候」(「再び歌よみに与ふる書」冒頭)との衝撃的発言で知られている歌論である。この時期、子規は、短歌革新に心血を注ぎ、しばしば徹夜もしていたようである。歌人天田《あまだ》愚《ぐ》庵《あん》に宛てた三月一八日付の書簡の中で、「前月末頃ハ、歌のために毎夜二時三時に及び、或は徹夜など致し候。此頃のよわりも多少はそれにも原因致《いたし》候ひけんと存候」と述べている。

そんな状況下での右のごとき記述である。家人（母八重、妹律）への労《いたわ》りの言も見える。子規が臥褥《がじょく》の状態になってから、すでに二年が経過している。それでも、この年は、三月一七日、人力車によって根岸郊外を一時間程見て廻ってもいる。上根岸八二番地の子規庵には、頻繁に知友が集っていた。特に一月一五日からは子規庵で定期的に『蕪村句集』の論講がはじまっている。が、自力で「人の処へ分らぬ事を聞きに行かれぬ苦しさ」「図書館は近くにありながら行かれぬ苦しさ」等に苛《さいな》まれると語っている点は、十分に理解し得るであろう。

そんな中で子規は必死になって執筆に励んでいたのであった。「歌よみに与ふる書」は、回を重ね、「十たび歌よみに与ふる書」（三月四日付「日本新聞」）に至っている。一方、三月一四日刊の『新俳句』（民友社）には、序文「『新俳句』のはじめに題す」を寄稿しているのである。

16　一分一秒にても

常の人ならば、今日の仕事もすんだから、これから人の内へ話しに行かうとか、寄席に行かうとか、散歩に行かうとか、酒飲みに行かうとかいふ場合に、小生は俳句分類に取り掛り候。今日は日曜だから一日遊んでしまふといふ処ならば、今日は一日分類をやつて遊べといふやうな事に相成候。此《この》俳句分類といふ事は「ほとゝぎす」へ少し出し置き候故《ゆえ》、御承知と存候へども、規摸の大きさはもとの草稿を御目にかけねば分り不申候。しかも此書は終局の期とては無き者に有之《これあり》候。右の次第なれば一分一秒にても机に向つて筆を取らぬ時は無く候。

「拝啓」

＊

先の文章の別の箇所に見える言葉。そもそも子規がこの文章を綴っているのは、子規のもとに送られてくる句稿の多さに困惑してのことである。この年三月一四日には、先に触れたように、新俳句の嚆矢ともいうべき秀句集《アンソロジー》『新俳句』が上原三川《うえはらさんせん》・直野碧玲瓏《なおのへきれいろう》の共編で出版されており、子規が校閲をしている。そんなこともあり、批評、添削を望む多くの句稿が子規のもとに寄せられていたようである。子規は「数ならぬ小生に点せよといはるゝ栄誉」は「一刻も忘不申候《もうさず》」と述べながらも、少々辟易《へきえき》としていたのであろう。それらの人々に対して「日本新聞」や「ほとゝぎす」に投句をしてくれるようにと呼びかけている。その結果、各紙誌に掲載される作品が、子規が評価した作品だと説明しているのである。

子規は、多くの仕事に挑戦していた。先の短歌革新もそうであるが、俳句の実作もし、俳論も発表し続けていた。そんな子規にとっての大きな楽しみが「俳句分類」だというのである。明治三〇年(一八九七)一二月稿のエッセイ「俳句分類」(「ほとゝぎす」第一二号所収)の冒頭に「余《よ》、俳書の編纂に従事することこゝに七年、名づけて俳句分類といふ」と記している。子規畢生《ひっせい》の大業であると同時に(その矜持は右の言葉の口吻からも窺えるであろう)、限りなく楽しい「遊び」でもあったのである。健常者が人の家に話しに行ったり、寄席に行ったり、散歩に行ったりするかわりに、子規は「俳句分類」に勤《いそ》しんだのである。エッセイ「俳句分類」の中でも、「此《この》書中に収むる俳句は成るべく多からんことを欲するが故《ゆえ》に、完結の期ある無し。(中略)余は無窮に完結せざらんと欲するものなり」と述べている。

17　泣きながらも猶大食

小生、近時の衰弱は、身体と共に精神上に及び、言語同断《（ママ）》の事に候。体が痛むとて泣き、昔を想ふて泣き、未来を想ふて泣く。或《ある》時ハ死ぬるのがいやで泣き、或時は死にたくて泣く。併《しか》シ泣きながらも猶《なお》大食致《いたし》居《おり》候。先《まず》、御安心被下《くださる》べく候。

明治三四年一月八日付菊池仙湖宛子規書簡

＊

名宛人の仙湖《せんこ》は、本名菊池謙二郎。教育者、水戸学者として活躍することとなる（前出2参照）。この時、仙湖は、京都帝国大学法科大学生（森田美比『菊池謙二郎』耕人社、参照）。

子規が東京大学予備門に合格したのは、明治一七年（一八八四）九月のこと。その時の喜びを、後年、随筆『墨汁一滴』の明治三四年（一九〇一）六月一四日の条に、「及落の掲示が出るといふ日になつて、まさかに予備門（一ツ橋外）迄《まで》往て見る程の心頼みは無かつたが、同級の男が是非行かうといふので行て見ると、意外の又意外に及第して居た。却《かえ》つて余等に英語など教へてくれた男は落第して居て気の毒でたまらなかつた。試験受けた同級生は五、六人あつたが、及第したのは菊池仙湖（謙二郎）と余と二人であつた。此《この》時は試験は屁の如しだと思ふた」となつかしみつつも、茶目っけたっぷりに回顧している。

こんなことを綴っている明治三四年に入ってすぐの子規の健康状態、精神状態を窺《うかが》うことができるのが、掲出の書簡の一節である。死を意識せざるを得ない人間の煩悶が、若き日からの友人である仙湖に対して、赤裸々に吐露されており、読む者の心を打つ。しかし、そんな苦悶の中にあって、根っからのユーモリストである子規は、「泣きながらも猶大食致居候」と記して、相手を笑わすことを忘れていない。子規の健啖家ぶりは、友人たちが一様に指摘するところであるが、子規自身も、自《みずか》らが大食漢であることを自認していたのである。

この手紙は、結婚した河東碧梧桐が、子規や仙湖たちが若き日を過ごした下宿屋のそば（猿楽町二一番地）に居を構えたことを報じつつ、青春時代をなつかしく振り返りかたがた、自らの体調にも及んだもの。思い浮かぶ数々の思い出に対して「一度《ひとたび》ハ笑ひ、一度《ひとたび》は泣申《なきもうし》候」と記している。

18　命つなぐばかり

小生不相変臥褥《あいかわらずがじょく》、まことに生き甲斐もなきことに思ひ候へども致方《いたしかた》も無之《これなく》候。腰の処《ところ》少し腫れ上り候ニ付、近〻佐藤三吉《さんきち》氏の療治（プンクチオン）を受くる筈ニ候。万一それが功を奏して外出が出来候ハヾ、何よりの喜びに有之《これあり》候。小生只今の望ハ、春暖に乗じて郊外を少し散歩致度《いたしたき》ばかりに候。人間の望もこゝ迄《まで》小くなれば、最早希望が命つなぐばかりにある時、即ち今はの際《きわ》を去る事遠からずと存候。呵〻。

明治三〇年三月一六日付森鷗外宛子規書簡

＊

森鷗外に対して、やや自嘲気味な病状報告をしている。医師佐藤三吉《さとうさんきち》の「療治（プンクチオン）」のことが記されているが、この手術、「細き火箸《ひばし》程の針の類にて先づ膿汁を出し、次に薬を注射するもの」（明治三〇年三月二〇日付大原恒徳宛子規書簡）のようである（明治一一年三月刊の奥山虎章『医語類聚』は「針刺」と訳している）。

しかし、この手術、失敗に終わったようである。同年三月二八日付虚子宛書簡には、次のように報じられている。

昨日、佐藤国手来り手術を受け申候。（中略）いくら痛くとも明日より外出が出来るならば結構と心待にまち居《おり》候処、昨夜ハ已《すで》に再び腫れ上り、手術も何の役にたゝぬやうな感じ致候。（中略）少くも寐返りだけは自由ならんとたしかめ居候ひしが、右の次第にてそれも叶《かな》はず失望致候。

このような悲惨な結果に終わった「療治（プンクチオン）」であったが、鷗外宛書簡の時点では、まだ一縷《いちる》の望みを抱いており、手術が失敗だったことを知り得る今日から読むと、なんとも痛ましい。子規は「万一それが功を奏して外出が出来候ハヾ、何よりの喜びに有之候」と綴っているのである。明治二九年（一八九六）より「臥蓐」の生活に入っている子規、「写生」を唱え、「実景」を見ることを奨励した子規が最も望んだものは、「郊外を少し散歩」することだったのである。そんな「望」（「希望」）は、やっと「命つなぐばかり」の「望」であり、最早、命運も尽きようとしていると鷗外に語りながらも、笑って見せる子規なのであった。まだまだ余裕が感じられる。

19　疾病の賜

余、臥病五年、立つ能《あた》はず、坐する能はず、往《おもむ》いて人を訪ふ能はず、出《い》でて広野に遊ぶ能はず、人生の不幸、殆《ほとん》ど皆我一身に集まる者の如し。然れども、或は思ふ、余の暇を得て、心を文事に専《もつぱら》にするを得る者、蓋《けだ》し疾病《しつぺい》の賜《たまもの》なるか。

『病牀読書日記』

＊

『病牀読書日記』は、明治三三年（一九〇〇）一一月一〇日より一一月一六日までの短い日記であり、明治三三年一二月一五日発行の「ホトヽギス」第四巻第三号に発表されたものである。

右の言葉は、一一月一一日の条に見えるもの。南朝宋の詩人謝霊運《しやれいうん》の「斎中読レ書」（『文選《もんぜん》』所収）の一節「臥レ疾豊二暇予一、翰墨時間作」（疾《やまい》に臥《ふ》して暇予《かよ》豊かに、翰墨《かんぼく》を時に間《まま》、作る——病気で寝ている時は、時間がたくさんあり、感興がわいた時には詩文を作る）より触発されてのものである、という。子規は「霊運此句我《わが》ために言ふに似たり」と記している。

子規は、句稿『寒山落木』の五巻、「明治二十九年俳句稿」の冒頭に、

> 二月ヨリ左ノ腰腫レテ痛ミ強ク只横ニ寐タルノミニテ身動キダニ出来ズ。四月初メ僅カニ立ツコトヲ得テ、暖日、前庭ヲ徜徉《しょうよう》ス。快極マラズ。一日車シテ上野ノ桜ヲ見テ還ル。

と記している。先にも触れたように、明治二九年（一八九六）二月より病臥の生活に入っていたのである。「徜徉」は、さまようこと、ゆきつもどりつすること。爾来《じらい》五年、明治三三年一一月以降は、子規庵での句会、歌会等、すべて中止し、静養に専念している。子規が述べているように、立つことも、座ることも、歩くこともできない状態になっていたのである。それでも、夏までは、ごくまれに、人力車で外出もしていたが、この日記執筆のころには、「人生の不幸、殆ど皆我一身に集まる者の如し」との感を深くしていた。

　が、ここからが子規の尋常一様でないところ。謝霊運に導かれつつということだったのか、たまたま思考回路が似ていたということなのか、価値の転換が試みられているのである。すなわち、時間の余裕ができ、学問、文学に専念し得るのは、「疾病の賜」である、と宣言。かくて、子規の文学活動は、『病牀六尺』『仰臥漫録』と、公私にわたって、死の直前まで続けられることとなるのである。

友

漱石が子規に与えた肖像写真（『漱石写真帖』より）

知己には厚く、熱く

羯南《かつなん》氏住居に隣れば

芭蕉破《や》れて書《ふみ》読む君の声近し

（明26）

古《こ》白《はく》を悼《いた》む

春や昔古白といへる男あり

（明28）

漱石新婚

蓁《しん》々《しん》たる桃の若葉や君娶《めと》る

（明29）

病中

小夜《さよ》時雨《しぐれ》上野を虚子の来つゝあらん　（明29）

碧梧桐天然痘にかゝりて入院せるに遣《つかわ》す

寒からう痒からう人に逢ひたからう　（明30）

雞頭や不《ふ》折《せつ》がくれし葉雞頭　（明31）

20　誤謬多きは必然の結果

俳諧史上の智識を有する事、碧虚《へききょ》両君より多き者は天下にいくらもあるべく候へども、碧虚両君程の作者は殆《ほとん》ど類なかるべく候。我々も作者を以て両君を遇し、両君も自《みずか》ら学者を以て処《お》らざらば何の議論も無之《これなく》候処《ところ》、近来に至り稍《やや》学者的野心現れ候程に、我々一驚を喫し申候。曩《さき》に世に出《い》でたる碧梧桐君の「俳句評釈」なる者は、学者的野心の一端に有之《これあり》候。評釈は学者の為《な》すべき事にして、作者の為《な》すべきに非ず、碧梧桐君は自己の短所に向つて功を奏せんとしたる者にして、従つて書中に誤謬《ごびゅう》多きは必然の結果とも可申《もうすべく》候。誰の著書にも多少の誤謬なきはなかるべく、如何《いか》なる学者も完全無欠の智識を備へたるはなかるべく候へども、四、五冊の俳諧文庫さへ備へ置かず、七部集《しちぶしゅう》の捜索までも人の文庫をあてにするやうな人が、書物の評釈を書くなど余り大胆な事と存候。　「消息」

*

明治三三年（一九〇〇）八月一七日に発した言葉（明治三三年九月七日発行「ホトヽギス」第三巻第

一一号所収)。「碧虚」は、河東碧梧桐と高浜虚子のこと。子規の、すこぶる辛辣な碧梧桐批判である。七日前の八月一三日、多量の喀血があり、子規自身も、周りの人々も大いに驚き、為に、数日、安静に過ごすことを余儀なくされている。そんな中で執筆されたもの。子規は、三四歳。

ここで問題とされている碧梧桐の著作『俳句評釈』(新声社)は、前年の明治三二年(一八九九)五月に発行されたもの。碧梧桐は、二八歳。芭蕉七部集の第五番目の撰集『猿蓑《さるみの》』の冬の部と夏の部の発句《ほっく》に「釈」と「評」を加えたものである。怱卒《そうそつ》の間にまとめられたようで、碧梧桐自身、序文の末尾に「此《この》書の脱稿した後、一応先輩の人々に校閲して貰《もら》ふ筈であつたが、時日の切逼《せつひょく》の為《た》めそれも出来なかつたので、元来乱暴の上、嘸《さ》ぞ誤りの多い事であらうと思ふ」と付記し、さらに巻末には「最初は、其《その》すべてを纏《まと》めて一巻とする心積りであつたが、時日の切迫と紙数の制限とで、已《や》むなくこゝに筆を擱《お》かなければならぬ場合となつた」と記している。

それやこれやも含めて、勉強家子規の癇《かん》にさわったのであろう。その執筆態度を手厳しく批判している。自分の手元に四、五冊の関係書も置かず、人の蔵書を当てにしての評釈作業などできるはずがないではないか、というのである。学術的著作に対する子規の真摯な見解が窺《うかが》えて、興味深い。

21　未だ曾て知られざるの刺激

米山氏は余《よ》より幼にして、しかも其《その》談話する所は余等の夢想にだも知り得ざりし高尚超越の事のみなれば、此《この》時余の心は、生来未《いま》だ曾《かつ》て知られざるの刺激を受けたり。

『筆まかせ』

*

『筆まかせ』は、子規が伊予松山より上京してすぐの明治一七年（一八八四）から明治二五年（一八九二）に至る、若き日の随筆集である。

右の記述は、明治一九年（一八八六）秋の回想（『筆まかせ』第二編、「悟り」の項）。「米山氏」は、金沢の出身で、第一高等中学校の同級生米山保三郎《よねやまやすさぶろう》のこと。明治三〇年（一八九七）五月二九日、二九歳で早世している。哲学者。子規は、東京猿楽町の下宿に突然訪れた米山の学殖に圧倒されることになる。

そのあたりの事情を、同じく子規の同窓生、水戸学の研究者菊池《きくち》仙湖《せんこ》が「予備門時代の子規」（『日本及日本人』第一六〇号、昭和三年九月刊）なる文章の中で活写している。左に引く。「彼」

とは、子規のことである。

負け嫌ひの彼は、大抵の同級生を見下してゐたが、ある朝、顔を合せると突然「君、実に豪《えら》い男が我々の級にゐるよ」と心から敬服したやうにいふのであつた。正岡が兜を脱いだのは珍らしいことであると思つて、だん〳〵聴いて見ると「昨夜米山といふ男と始めて話をして見たが沢山本を読んでゐて色々なことを知つてゐるのに驚かされた、将来哲学を専攻するさうだが、あんな男がゐてはとても競争は出来ない」と嘆声さへ泄《もら》された。是が唯一の動機になつたわけでは勿論あるまいが、子規は大学に入つてから国文学を専攻することになつた。この米山といふのは漱石の「猫」の中に出て来る天然居士のことである。

仙湖が書いているように、子規は、大の負けず嫌い、そして、人一倍の勉強家。なにしろ、江戸時代の俳書を片っ端から読破して、あの「俳句分類」の偉業に挑戦したのであるから。ところが、米山保三郎には舌を巻いているのである。子規がショックを受けたのは、米山が自分より二歳年少であったこと。話の内容は、数学の微積分、哲学等に及んだという。子規に衝撃が走ったのであろう。その夜は、二人で夜を徹して歓談したようである。米山保三郎も、子規の学才を認めたからこそであろう。ちなみに、建築家志望の漱石を文学へと誘《いざな》ったのも、米山の「文学なら勉強次第で幾百年幾千年の後に伝へる可き大作が出来る」との言葉の影響であった。

22 二千部など丶いふは思ひもよらぬ

雑誌の事は、小生は以前より首を傾ける一人にて、今でも首を傾ける。(中略)第一売れぬという事ぢや。二千部などゝいふは思ひもよらぬ。俳句専門ならば五百部位が高ぢやないかと思ふ。それを売つて行かうといふのには技倆がいる。たとひ宗匠的の卑劣手段(射倖心を煽《あお》る売り方)を取るとしても直《すぐ》に売れるものでは無い。それ相応の技倆(コレハ俗ナ技倆)がいる。況《ま》して成るべく高尚にしておいてそれで売り出さうといふには大抵な事ぢやない。

明治三一年七月一日付高浜虚子宛子規書簡

＊

子規一門の俳句雑誌「ほとゝぎす」は、明治三〇年(一八九七)一月、子規の友人、同い年の柳原極堂《やなぎはらきよくどう》によって、松山で創刊された、子規の理想とする俳句実現ための雑誌。松山で二〇号まで発行。極堂が編集に当たっている。翌明治三一年(一八九八)一〇月に東京に移され、高浜清(虚子)が発行兼編輯人となって継続されることになったが、右の書簡の時点では、そのことはまだ決定されていない。発行所が東京に移される直前の書簡である。

虚子は、東京での新俳句雑誌の発行を強く望んでいたようである。それに対して、子規の態度は、すこぶる慎重である。子規は、その大きな原因が、虚子の態度によるものであるとしている。右の書簡の別の箇所で、子規は、虚子の性行を「たやすく決心する人で、なか〳〵実行せぬ人」と指摘している。そして、虚子に対して「今度若《も》しやるなら臍《ほぞ》を固めてやりたまへ」と述べて、虚子の覚悟を促している。

子規に言わせれば、新俳句雑誌の発行は、「たやすく決心する」虚子の一時的な思い付きのような感じがしたのであろう。子規は、きわめて冷静である。この書簡を認《したた》めている子規は、三二歳、虚子は二五歳。子規は、雑誌など売れるものではないことを虚子に諭《さと》している。「二千部」は、虚子の大風呂敷。子規は、「五百部」と踏んでいる。子規は、一方の当事者である、折しも上京中であった極堂に対して、「虚子が愈ゝ《いよいよ》決意せば松山の「ほとゝぎす」は虚子に譲つて東京に遷《うつ》すことに同意して貰ひたい」と話し、それに対して極堂は、「それは私の方から願ひたい位の仕合である」と、喜んで答えたという(柳原極堂『友人子規』前田出版社)。結局、子規がすっかりお膳立《ぜんだて》をしたわけであった。

23 依頼心をやめて独立心を

依頼心をやめて独立心を御起し被可成《なさるべく》候。金が足らぬといひては人に金を借るやうにては、迚《とて》もいつ迄《まで》も金ハ足るまじく候。先夜愚見略《ほぼ》申上候ニ付、更に繰返すも無用なれど、金といふものハ貴兄の思はるゝ如く軽蔑すべき者にあらずと存候。人に金を借りし上に又借りて、それを返さでも善き者にては無之《これなく》候。金ハどこ迄も働いて取るべき者、男ハどこまでも自分の腕にて喰ふべき者ニ候。今後一切借金をやめて自活の方法を御立て可被成《なさるべく》候。

明治三三年一二月一日付香取秀真宛子規書簡

*

名宛人の香《か》取《とり》秀真《ほづま》は、子規門の歌人。明治七年(一八七四)、千葉県に生まれ、東京美術学校に学び、のち母校教授。昭和二九年(一九五四)に没している。享年八一。鋳金家として大成し、文化勲章を受章しているが、右の書簡に窺《うかが》えるのは、若き日の秀真。この時、秀真は、二七歳、子規は、三四歳である。

子規が短歌革新に大いなる関心を示したのは、明治二九年(一八九六)、与謝野《よさの》鉄幹《てつかん》の詩歌集『東西南北』に寄せた序において。そして、本格的な短歌革新の第一声は、明治三一年(一八九八)二月一二日に「日本新聞」に掲載した「歌よみに与ふる書」。この稿は、同年三月四日の「十たび歌よみに与ふる書」まで続く。子規が秀真にはじめて会ったのは、明治三二年(一八九九)二月初旬のこと。以後、子規庵歌会が頻繁に行なわれるようになり、秀真も積極的に参加するようになった。

右書簡当時の秀真の生活については、右の箇所の前に、「貴兄が学校〔東京美術学校〕御卒業の上、未《いま》だ生活の方少シモ相立タザルニ先《ま》ヅ家を構へ、妻君を引取られしハ、実ニ無謀極まることと申外無之《もうすほかこれなく》候。又已《すで》ニ家を構へ妻君を引取《とら》れしより後、昨今迄《まで》、正直に生活の道を講ぜられざりし様相見え候。これも多少怠慢の罪あるべきかと存候」と記されているところによって窺うことができる。

結婚をしながら、自活もできずに、美術家気取りで怠惰な生活を続けている秀真に、子規は、苦言を呈しているのである。子規の意外なまでに堅実な生活感を窺知《きち》し得る言葉である。

24　辛抱ハ後ノタメナリ

君ハ何カイフト、誰ガ告ゲ口シタラウナド、イフガ、ソンナ下ラヌコトハイフモノデナイ。君ノヤツタコトハ大小トナク尽ク僕ノ耳ニハイツテヰルヨ。君モモウイヽカゲンニ辛抱シ玉へ。アマリタワケタ真似ヲシテハ困ルヨ。僕ガ病気シテ毎日苦シンデ居ルトコロヲ思フタラ、君等モ少シ位ノ辛抱シタマヘ。君独リノ不幸ト思フベカラズ。辛抱ハ後ノタメナリ。

明治三五年八月一九日付香取秀真宛子規書簡

*

香取秀真宛の手紙を、もう一通。この時、秀真は二九歳。のちに鋳金家として大成する秀真であるが、子規門の若き歌人としては、厳しい人間的指導を受けていたことがわかる。

昭和一一年(一九三六)、秀真は『正岡子規を中心に』(学芸書院)という著作を出版しているが、その中で、晩年の子規を、

先生の晩年は、私も看護当番の一人として屢〻《しばしば》病牀に侍したから、その模様はよく知つて

ゐるが、あれだけの病苦に堪《た》へるといふことは、大抵でなかつたらうと思ふ。病苦に堪へず、叫声を発せられるかと思ふと、しばらくたつて極めて平静に話されたりする。先生は病苦によつて悟り抜いた人といふ感じがした。（「子規先生の三十三回忌にあたりて」）

と綴っている。秀真が語っているように、明治三五年（一九〇二）三月以降、和歌の門人である伊藤左千夫《いとうさちお》、香取秀真、森田義郎《もりたぎろう》が、俳句の門人の河東碧梧桐、高浜虚子、寒川鼠骨《さんがわそこつ》とともに毎日交代で子規の看護に当たることと決めている。そんな親しさもあって苦言を呈したのであろう。

「誰ガ告ゲロシタラウナド、イフガ、ソンナ下ラヌコトハイフモノデナイ」――見事な人間教育である。若き日の秀真は、かなり自堕落な生活をしていたようである。右の書簡の追伸部分には「女郎買ハ月ニ一度位ハ善イガ、ソレハ五、六十銭デモ足《た》ルヨ」と記している。「アマリタワケタ真似ヲシテハ困ルヨ」とは、「女郎買」のことであろうか。浪費癖もあったのであろう。「辛抱ハ後ノタメナリ」――いい言葉である。

25 うまい物をくひ給へ

御病気之《の》由《よし》、御見舞申上候。しかし熱のある日ハ静かに寐て居給へ。よくなりかけて飯がくひたいやうになつたら、うまい物をくひ給へ。さうしさへすれバ、病気などはきもせず、よし来てもおそるゝに足らん者也《なり》。苦しい時寐て居れバ、楽な日にハ画の二、三十枚ハ一日に出来可申《もうすべく》候。

明治三一年一二月一四日付中村不折宛子規書簡

*

子規と中村《なかむら》不《ふ》折《せつ》が巡り会ったのは、明治二七年(一八九四)三月のこと。子規は、同年二月一一日発刊の小《こ》新聞《しんぶん》「小日本」の編集責任者に抜擢され、挿絵画家を捜していたのであったが、そこに浮上してきたのが不折であったというわけである。不折が慶応二年(一八六六)、子規が慶応三年の生まれであるので、不折の方が一歳年長。のちに洋画家、そして書家として大成する不折の挿画が「小日本」にはじめて載ったのは、明治二七年三月七日のこと。「水戸弘道館」の画。会った途端、二人は意気投合したようである。この二人の出会いによって、子規の「写生」論が生まれたことはよく知られていよう。

のちには、帝国芸術院会員にまでなった不折であるが、子規と会ったころには、困窮を極めていたようである。随筆『墨汁一滴』の明治三四年(一九〇一)六月二七日の条に、子規は、

余が知るより前の不折君は、不忍池畔に一間の部屋を借り、そこにて自炊しながら勉強したりといふ。其《その》間の困窮はたとふるにものなく、一粒の米、一銭の貯《たくわえ》だになくて、食はず飲まずに一日を送りしことも一、二度はありきとぞ。

と記している。そんな不折も、子規からこの手紙を受け取った時には、下谷区上根岸町に転居している。刻苦勉励、生活がようやく安定してきたのであろう。が、好事魔《こうじま》多しということで、体調を崩したようである。右は、不折に宛てた子規の激励の手紙である。

内容が、いかにも健啖家の子規らしく面白い。『墨汁一滴』の明治三四年四月二〇日の条に、

小生唯一の療養法は、「うまい物を喰ふ」に有之《これあり》候。此《この》「うまい物」といふは小生多年の経験と一時の情況とに因りて定まる者にて他人の容喙《ようかい》を許さず候。

と記しているように、子規は、「うまい物」が身体にいいとの信念を持っていたようである。その励行を不折にも勧めているのである。子規の愛情溢れる言葉。

26 得意は野心の敵なり

俗界に立つ者、野心あるを妨げず。昔日《せきじつ》の無垢清浄なる兄に野心を生じたるを咎《とが》めずして寧《むし》ろ之《これ》を喜ぶ。然るに野心も得意も同じく是《こ》れ俗事なりとて之《これ》を混同するは非なり。得意は野心の敵なり。人苟《いやしく》も得意を感ぜんか、野心は最早成らざるなり。僕は、兄が野心の多からずして、得意に圧倒せられたるを歎ぜざるを得ず。

明治三〇年一一月四日付五百木飄亭宛子規書簡

＊

名宛人の五百木《いおき》飄亭《ひょうてい》は、子規と同郷伊予国松山出身のジャーナリスト。本名、良三。明治二八年（一八九五）、日本新聞社に入り、明治三四年（一九〇一）、「日本新聞」編集長。のち「日本及日本人」を主宰。明治三年（一八七〇）の生まれであるから、子規より三歳年少。飄亭が、友人新海非風《にいのみひふう》の紹介で、同郷の先輩子規とはじめて対面したのは、明治二二年（一八八九）一〇月七日。以後、非風を交えての親密な交際がはじまる。その頃の飄亭を、子規は、

昔日の兄は、無垢清浄にして、一点の暗黒点を有せざる水晶の如く透明なりしなり。

と描写している(後出56、右書簡中の別の箇所)。ところが、子規が意を決して病牀からこの手紙を認《したた》めているころの飄亭は、日々「置酒遨遊《ちしゅごうゆう》」(飲んだくれて、遊び惚けること)し、人から「堕落せり」と評せられる人物になってしまっていたのである。そんな飄亭を、子規は、ずばり「智識は進みたらん、経験は増したらん、名誉は高まりたらん。而《しか》して人物に於ては之《これ》に反す」と評している。親しい友への、病子規の必死の忠告である。

子規は「野心」を否定したことは一度もない。むしろ「大野心《だいやしん》」を持つことを門下の人々に奨励している(後出78参照)。右の飄亭宛の手紙でもそのことは窺《うかが》われよう。が「野心」を奨励する一方で、「得意」を戒めている。「得意」とは、増長心の意であろう。その結果が、日々の「置酒遨遊」となるというのである。そして、子規は「置酒遨遊は財力に関すること多く、金銭は人をして腐敗せしむる事多し」と言う。加えて「遨遊度を過ぐれば精神を消耗し勢力を竭《けつ》尽《じん》(なくすこと)するをや」とも言っている。子規が同郷の友飄亭に願ったことは「心事の高潔」を保持することであった。

飄亭は、昭和一二年(一九三七)六月一四日没。享年六八。昭和一二年八月発行の「日本及日本人」第三五一号は「五百木良三追悼号」を編み、俳人仲間の伊藤松宇《いとうしょうう》、高浜虚子、佐藤紅緑、寒川鼠骨らが追悼文を寄せている。

27 肝胆に銘じて忘れざるなり

君の言、余《よ》謹《つつしん》で拝誦、肝胆《かんたん》に銘じて忘れざるなり。自《みずか》ら此《かく》の如きの知己《ちき》を得るを人に誇て已《や》まざるなり。嗚呼《ああ》一事一件も悪なれば之《これ》を警《いまし》め、善あれば之を励ます、此の如くにして始めて知己の名称を付すべし。君の如き是《こ》れ余の知己と云ふも誣《し》ひざるなり（偽りではない）。人誰か之を非とするの理あらんや。只願くは君よりして余の漢書に熱心するは何《いず》れの点よりして之《これ》を知るやを問ひ、以《もっ》て再たび其所以《そのゆえん》を以て余に報ぜられんことを。是れ亦《また》知己の知己たる所以なり。若《も》し君にして此《この》言を馬耳東風に帰し、敢て亦《また》言を発せざれば、是《こ》れ余の知己に非ざるなり。

明治一五年一〇月二二日付三並良宛子規書簡

*

名宛人の三並良《みなみはじめ》は、子規の母八重の叔父歌原邁《うたはらすすむ》の長男。八重とは従姉弟《いとこ》関係。子規とは、従《い》兄弟《とこ》半《はん》の関係。慶応元年（一八六五）生まれ。キリスト教思想家、ドイツ語学者。二歳年少の子規は、良を「益友」（『筆まかせ』第一編、「交際」の項）と呼んでいる。

右は、一六歳の子規の「知己」論であり、青雲の志に燃える若き日の子規の煩悶が窺《うかが》える。ちなみに「知己」なる語を『大漢和辞典』によって確認すると、「よく自分の心を知ってくれる人。己の真価、真精神を知ってくれる人」との説明が付されており、今日的な単なる知合《しりあい》とは異なるニュアンスを有する言葉として用いられていると見るべきであろう。右の言葉の発端は、子規に対して「漢学に熱心する者」との評価が下されていることに対する、子規の反論である。子規はそのことを伝えた三並良に対して、そのニュースソースを確認して、報告してくれと依頼しているのである。「悪なれば之を警め、善あれば之を励ます」のも「知己」ならば、このような依頼に真剣に応えてくれるのも「知己の知己たる所以」であろうというのである。若き子規の必死の思いが、かえってほほえましくもある。

なぜ子規がかくも必死になって自らへの評価を気にしているかというと、この時期、子規は「英国の語」の必要性、「洋書の功」の大なることを痛感していたからなのであった。右書簡の「別陳」の部分に、「抑《そもそ》も訳書なる者は果して何の為に設《もう》くるや。是れ洋書を読む能《あた》はざる者の西洋の事情を知るに便にせるなり。能《よ》く洋書を読み得《う》る者の之《これ》を見るを要せざるなり」と記し、洋書の必要性を力説している。

28 半椀ノ飯ヲ分タン

貴兄ハ飯くふ為に世に生れ給ひたるか、はた他に目的あるか。小説家トナリタシトノ目的カ、はた他ニ目的有之《これあり》候哉《や》。小説家トナリタイガ食ヘヌニ困ルト仰《おお》セアラバ、小生衰ヘタリト雖《いえども》貴兄ニ半椀ノ飯ヲ分タン。其代《そのかわ》り立派ナ小説家になり給ハヾ小生ノ喜、何ぞ之《これ》にしかん。

明治二五年一月一三日付高浜虚子宛子規書簡

*

この書簡を認《したた》めた明治二五年(一八九二)、子規は、二六歳、名宛人の虚子は、一九歳である。前年の明治二四年五月二三日付の子規宛虚子書簡が、虚子が最初に子規に宛てた手紙であり、虚子が、直接子規に会ったのは、同年七月一一日。帰省中の子規の家(松山湊町四丁目一六番戸)に虚子が訪れている。以降、虚子は、頻繁に子規に手紙を認めているが、右の手紙に該当する虚子の手紙は残っていない。察するに進路についての相談の手紙であったと思われる。そこには、小説家志望であることが洩《も》らされていたのであろう。

子規が、俳句革新の第一声である「獺祭書屋俳話《だつさいしょおくはいわ》」を「日本新聞」紙上でスタートさせたのは、同じ明治二五年六月二六日のこと。虚子を叱咤しての右の言葉は、自らを鼓舞するものでもあったであろう。左のごとき文言で結ばれている。

> 小生友なし。只貴兄及び青桐兄（河東碧梧桐の初号）を以て忘年の友となす。大兄請フ努力セヨ。家事ニセヨ学問ニセヨ兄ノ目的ニ故障ヲ与フル者あらバ小生乍不及《およばずながら》瘦腕ヲふるハん。小生敢テ大兄ニ小説家トナレト勧ムルニ非ズ。兄其意志ヲ貫ケト云フノミ。齷齪《あくせく》たる勿《なか》レトいふのミ。目的ヲ手ニ入レル為ニ費スベキ最後ノ租税ハ生命ナリト云フコトヲ記臆（ママ）セヨト云フノミ。

明治二二年（一八八九）に喀血、「子規」（ほととぎす）と号した子規であるが（後出63参照）、この時点では、まだまだ元気。その子規が、目的をしっかり定めて、人生をゆっくりと努力しながら歩め、と諭しているのである。目的遂行は、「生命」との勝負と言っている。その子規がやがて「生命」を賭して目的のために驀進することになるのである。

29 悪い事はいつ迄もまねせぬ方

御申越の趣《おもむき》によれば、新聞、御仲間入の由、奉恭賀候。（中略）愚考にては校正より御始め被成《なされ》候事希望に御坐候。貴兄も其《その》つもりにて御励精奉願候。此外《このほか》別に可申上《もうしあぐべき》事はなけれど、日本新聞社の面目を汚さぬ様奉願候。これはいふ迄《まで》もなけれど、朋輩《ほうばい》同僚抔《など》のする事は、馴《な》れるに従ひてまねする様に相成ものなれども、悪い事はいつ迄もまねせぬ方よろしく候。朱に交りて赤くなるは凡者の常なれば、一言御注意申上候。猶《なお》謙譲の徳を守りて人ににくまれぬ様なされ度《たく》、これ許《ばか》り特に書添候。

明治二八年九月七日付河東碧梧桐宛子規書簡

*

碧梧桐は、明治二八年（一八九五）八月、日本新聞社に入社している。一方、子規は、日清戦争従軍の無理がたたり、帰途、船中で喀血、一時は重篤となるが、その後回復。この手紙は、療養のため松山に帰郷し、二番町八番戸の上野《うえの》義方《よしかた》の離れ家を借りていた夏目漱石の許《もと》（いわゆる愚陀仏庵《ぐだぶつあん》）で書かれたものである。

碧梧桐の日本新聞社入社を祝福するとともに、実に濃《こま》やかに諸注意事項を書き記している。子規を評するに周辺の人々は、しばしば「無頓着」なる言葉をもってするが、どうしてどうして、実はむしろ繊細細心な気配りのできる人物であったことが確認し得るのである。

碧梧桐の当初の配属は「校正」係ではなかったようであるが、子規は「校正」係から始めることを奨めている。碧梧桐に新聞記者としての基礎固めをしてもらいたかったのであろう。引用箇所の中略部分の中に「見習のつもりにて御勉強可被成《なさるべく》候」と見えるのである。

日本新聞社の社長は、子規の叔父加藤拓川《かとうたくせん》（母八重の弟）の親友、陸奥弘前《ひろさき》出身の陸羯南《くがかつなん》。子規は、羯南が大好きであったし、その羯南の日本新聞社が大好きであった。そんな姿勢が「日本新聞社の面目を汚さぬ様奉願候」との言葉となっているのである。「朱に交りて赤くなるは凡者の常」であるが、碧梧桐は、「凡者」。遊蕩放埒のために、翌明治二九年（一八九六）七月には、退社に追い込まれている。懇々と「謙譲の徳」を語り聞かせた子規ではあったのだが。

30 あまり生意気なこと也

若《も》シ友人と談話して時間を費すことをしくバ、自らハ閑居して外出せずにゐたまへ。さすれば、人の来ぬ間にいくらでも勉強でき可申《もうすべく》、それでも猶《なお》いかんとならば人が来た時に学問上のためになる話ししたまへ。若《も》し話なき人ならば、書物を出して来て其《その》人と一所に読ミ、一所に評したまへ。学問ぎらひの人ならば、さつさといとま乞《ごい》して最早二度とは来《きた》らざるべし。人を遠ざけるのは面会日を定むるより外にいくらも穏便なる仕方あるべし。面会日を定むるなどゝは、政治家、其外極《きわ》めて多忙なるものゝ為《な》す所、又常人にても、のつ引《ぴき》ならぬ仕事にかゝりし時にこそあるべけれ。あまり生意気なこと也。

明治二九年五月一四日付高浜虚子宛子規書簡

＊

以下、高浜虚子宛の書簡の中の何点かに子規の「人生のことば」を探ってみる。まず、これは明治二九年(一八九六)五月一四日付の書簡中の言葉。子規は三〇歳、虚子は二三歳である。

この年三月二七日、子規は、第一回のカリエスの手術を受けている。立会人は、河東碧梧桐。前年の一二月九日、道灌山の茶屋で、子規から後継者としての自覚を持って、学問精進するようにと言われた虚子であったが、その際は、「文学者にならんとは思へども、いやでいやでたまらぬ学問までして文学者にならうとまでは思はず」と答えたのであった。が、やはり子規の言葉に動かされるところがあったのであろう。「面会日」を定めて友人との交流を断ち、勉強しようと思い立ったようである。そんな虚子の思い付きに対する子規の答えが、右の言葉。

結論としては、「面会日」を設けるなどとは「あまり生意気なこと」だというのである。本当に勉強しようと思うなら、「閑居」して過ごしたら、来訪者がこない時にいくらでも勉強できると。来訪者があった時には、学問の話をしたらいいとも言っている。学問的な話のない来訪者ならば、一緒に本を読んで、その本について一緒に論じ合えばいいというのである。この方法は、いかにも子規らしい。この方法を試みたならば、学問ぎらいな来訪者だったらさっさと逃げだして、二度とやってこないだろうというのである。

二年後の明治三一年（一八九八）七月八日に虚子が子規に宛てた手紙の中で、虚子は、「今迄《まで》随分大兄の鞭を受けた。併《しか》し小生は可成其《なるべくそ》の鞭を避けやうとするを常として居た。爾後《じご》は喜んで大兄の鞭の下に立たう」と語っている。

31 斯く小胆なるは何とも解しがたく候

貴兄が世の中に向つて大胆なるは小生常ニ驚《おどろき》居《おり》候。然《しか》るに一大学に向つて斯《か》く小胆なるは何とも解しがたく候。大学がどういふものか御経験がないゆゑ、御恐れなされ候ことゝ存候へども、こゝろみに文学士がどういふ人間であるかを見たまへ。若《も》シ御存知なくば小生知人の文学士を御紹介可申《もうすべく》候。こんな人が大学を卒業した人かと御驚可被成《なさるべく》と存候。又大学の先生がどんな人なるかを見給へ。実にこれが先生かと思ふやうな人許《ばか》りに御座候。これも御入用ならば一人位ハ御紹介可申《もうすべく》候。

明治二九年五月二六日付高浜虚子宛子規書簡

*

大学で学ぶことを恐れ、大学進学を逡巡する虚子に対して、決断を迫る子規の手紙である。子規自身は、諸事情のため、明治二六年（一八九三）三月に正式に帝国大学文科大学国文科を退学しているが（明治二八年三月六日、従軍のために書いた履歴書参照）、大学の意義も認めてはいたのであろう。ためらう虚子に対して苛立《いらだ》ちを覚えているようである。ぐずぐずしているならば、

「御断念を御すゝめ申上候」と言い切っている。ただし、虚子が進学を逡巡しているのは、「大学がどういふものか御経験がないゆゑ」だろうとして、大学恐るるに足らず、ということを虚子に説いているのが、右の言葉である。

子規は、すこぶる辛辣である。まず、大学を卒業した文学士に言及する。「こんな人が大学を卒業した人かと御驚可被成と存候」と述べている。今の新制大学を卒業した文学士とは桁違いの実力を備えていたであろうが、それでも子規に言わせれば、このような評言となるのである。

次に大学教授。教授に対しても「実にこれが先生かと思ふやうな人許りに御座候」と、きわめて手厳しい評価を下している。これまた、一概に今の大学教授と比べることはいかがかと思われるが、今日の大学教授諸賢も、子規の言葉に耳を傾け、襟を正さなければならないのではなかろうか。今日といえども、子規のような勉強好きの学生が、厳しい眼差《まなざ》しを向けている可能性は、すこぶる大であると思われる。子規は、虚子に対して「何を恐れて大学を鬼神視し給ふにや」とも述べている。学問が大切にされていたころの大学のお話。

32 臍を固めてやりたまへ

貴兄はたやすく決心する人で、なか〳〵実行せぬ人ぢや。これは第一、書生的の不規則な習慣が抜けぬためであらう。第二には感情が強くて意思を圧するためであらう。第三には目的が未来の快楽よりも寧《むし》ろ多く目前の平和にあるためであらう。今度若《も》しやるなら臍《ほぞ》を固めてやりたまへ。いよ〳〵やるときまれば、小生は刑場に引かるゝ心持がする。小生ひとり必死でやるのに、貴兄が存外冷淡であつたり、疲労して寐てしまつたりせられては困る。

明治三一年七月一日付高浜虚子宛子規書簡

*

明治三〇年（一八九七）一月に柳原極堂《やなぎはらきよくどう》によって松山で創刊された「ほとゝぎす」（のちに「ホト、ギス」とも表記）は、明治三一年一〇月号より子規の全面的協力の下《もと》で高浜虚子が引き継ぐことになった。これが東京版「ホト、ギス」第二巻第一号である。

その直前に子規によって書かれた長文の書簡の一部である（前出22参照）。子規がかかわった雑誌「俳諧」(明治二六年三月創刊、同年五月刊の二号で終刊)、小《こ》新聞《しんぶん》「小日本」は、いずれも短命であった。それゆえ「ホトヽギス」だけは、何としてでも成功させたいとの思いが強かったようである。そこで、子規が白羽の矢を立てたのが虚子。同書簡の中で、子規は「飄亭、碧梧桐、露月等には多きを望む事出来ぬ。つまり貴兄と小生と二人でやって行かねばならぬ」と不退転の決意を促しているのである。

　子規が亡くなった時、母八重は「升《のぼ》は清《きよ》さんが一番好きであつた。清さんには一方ならんお世話になつた」(高浜虚子『子規居士と余』日月社)との言葉を洩らしたようであるが、それを裏付けるのに十分な書簡である。子規はもちろん感情的にも虚子が「好き」であったであろうが、一方、その実力をも、高く評価していたのである。それゆえに本書簡の別の箇所では、「何所《どこ》迄《まで》も引受る以上は、何所迄も勉強せねばならぬ」と叱咤激励しているのである。

　虚子を「好き」であり、その実力を評価しつつも、人間的欠点を鋭く見抜いている。このあたりは、すごい。虚子が実行力のないことの指摘である。そして、その拠って来たるところを三箇条にわたって説いている。「小生は刑場に引かるゝ心持がする」――子規も必死だったのである。

33　冷汗を流し候

先日、鷗外漁史《おうがいぎよし》ヲ尋ねたる時、漁史曰《いわ》く、

虚子、七部集《しちぶしゆう》の内、

青雲や舟流しやる時鳥　素堂

此人にハ自ら特調ありてをかし。

とあるは、素龍《そりよう》の誤りならずや。虚子ハ素堂《そどう》と思ひこみたるものゝ如し云ゝ。

小生考へてこゝに至る毎に冷汗を流し候。此句、勿論素龍也。兄ノ見違ひか、活字の誤りか知らねど、何にしても麁漏《そろう》の罪ハまぬかれ難《がた》し。素堂ノ句集抔《など》見たる人ならば恐らくハ此誤りあらじ（鷗外ハ見たり）。このあやまりを見れば、まるで七部集で素堂を研究した人のやうに見えていと可笑《おか》し。

明治二九年五月二〇日付高浜虚子宛子規書簡

*

子規と森鷗外との最初の接点は、明治二七年（一八九四）二月一一日創刊の、子規編集の小新聞「小日本」に、鷗外（鐘礼舎《しぐれのや》）が「破反古《やりほうご》」なる文章を寄稿したところにある（上田一樹「従軍以前の子規と鷗外」、「子規博だより」三三・四所収）。同年一月三日に上根岸八二番地の子規庵で行われた句会には、鷗外も出席している。そして、この書簡の少し前、子規は、本郷区駒込千駄木町二一番地の鷗外居を訪問したようである。その折の話柄に、虚子が鷗外編集の「めさまし草」巻三（明治二九年三月発行）に掲載した評論「七部集」が俎上に載せられたのであった。

虚子が〈青雲や舟流しやる時鳥〉句の作者を山口素堂《やまぐちそどう》としている点について、鷗外から、一句の作者は素龍（『おくのほそ道』『すみだはら』の清書者として知られる柏木素龍《かしわぎそりよう》）ではないか、との指摘があったことを子規が報告しているのである。

一句は、言うまでもなく、芭蕉七部集（正しくは俳諧七部集）の一つ『すみだはら』所収の素龍の作品。それを、素堂の作品として、「此人にハ自ら特調（「めさまし草」では「特色」）ありてをかし」と、知ったかぶりの批評をしている虚子を、子規は厳しく叱責しているのである。そんなことまで書くなら、素堂のことをしっかり勉強してからにせよ、というのである。子規にしてみれば、弟子虚子の不勉強ぶりが恥ずかしかったのであろう。対する鷗外の識見には改めて畏敬の念を抱いたことと思われる。

34 御世辞も御辞誼も知らず

此《この》男正直者にて、中々見識は高き方なれど、口不調法ニて（秋田生れ）、御世辞《おせじ》も御辞誼《おじぎ》も知らず、俗世間ニハ不向ナレド、其癖《そのくせ》一文無しにて誠に可愛想ニ存候。今度も一文無しにて出掛候事故《ことゆえ》、着都後、脚気《かっけ》さへはげしからずば一日も早く職業を求め居《おり》候次第、甚《はなは》だ恐入候へども若《も》し何処《どこ》ニても似あハしきところあらバ、御周旋被下度奉願上《くだされたくねがいあげたてまつり》候。

明治三二年四月一〇日付中川四明宛子規書簡

＊

「此男」とは、子規門の石井露月《いしいろげつ》のこと。秋田県女米木《めめき》生まれ（後出76参照）。子規より六歳年少。名宛人の中川四明《なかがわしめい》（字《あざな》、重麗《じゅうれい》）は、嘉永《かえい》二年（一八四九）生まれの子規門の俳人。子規より一八歳年長。明治二三年（一八九〇）まで日本新聞社にあったので、子規とのかかわりは、深い。今日伝わる四明宛書簡の最初のものは、明治三〇年（一八九七）一月六日付。そこには「紫明老先生」と見える（紫明は、別号）。

右の明治三二年書簡当時の四明は、京都日出新聞社勤務。その四明に、脚気のため「転地療養」と「出稼《でかせぎ》」を兼ねて京都に向かった露月の就職の斡旋を依頼しているのである。いわば推薦状というわけである。「口不調法ニて(秋田生れ)、御世辞も御辞誼も知らず、俗世間ニハ不向ナレド」などと記しながらも、全体、愛情に溢れた推薦状となっている。露月の人柄はもちろんのこと、書き手の子規の人柄も滲《にじ》み出ている文言である。

子規は、明治三〇年執筆の「明治二十九年の俳句界」(当初の題は「明治二十九年の俳諧」、明治三〇年一月二日より三月二一日まで、「日本新聞」、時に「日本新聞附録週報」に二四回にわたって連載)において「碧虚の外に在りて、昨年の俳壇に異彩を放ちたる者を露月とす」と記し、子規門のナンバー3として高く評価していたのである。

当の露月に宛てても「御安着慶賀　御病気御養生、少しよくなつたら二条富小路西入中川重麗氏へ行給へ。同氏へ懇々頼置候」(四月中旬)と記し、細やかな配慮を示している。四明もまた、子規の依頼に応え、ために露月は、東山病院に勤務できることとなったのである。その結果を受けて、子規は、五月二七日付の四明宛の手紙で、

拝啓　石井露月身の上に付、種々御配慮下され候処、病院出勤の事に相成仕合に御座候。

と、早速、礼状を認《したた》めている。律義な子規であった。

笑

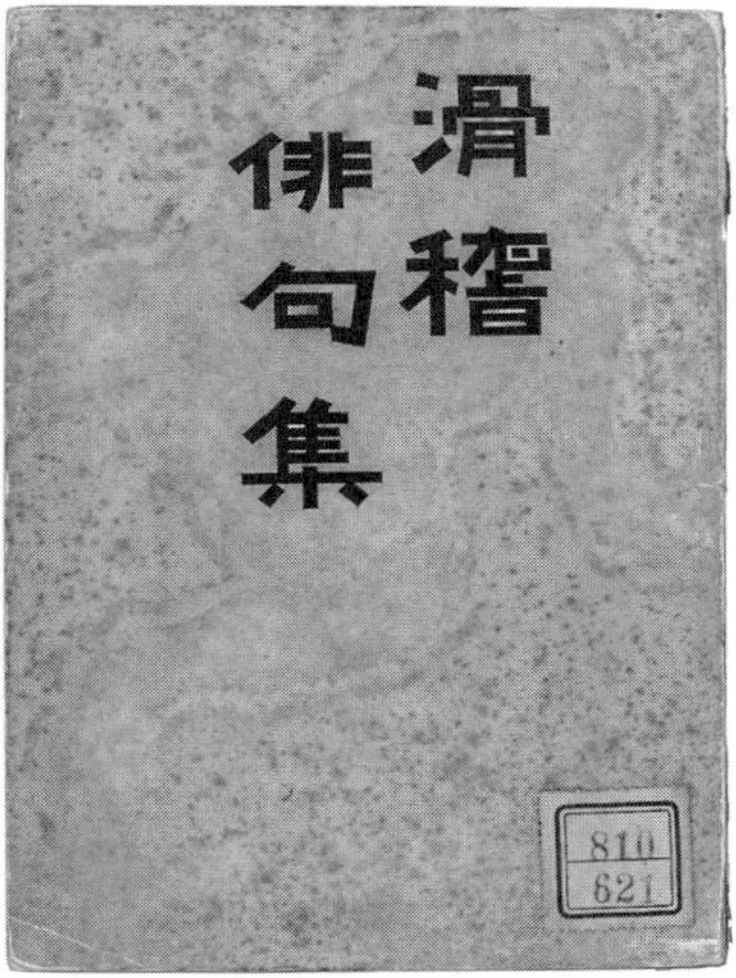

佐藤紅緑編『滑稽俳句集』初版(明治三四年八月刊)

苦しいからこそ、ユーモアを

秋に形あらば糸瓜《へちま》に似たるべし　（明24）

村市

やせ馬の尻ならべたるあつさ哉《かな》　（明26）

関山越旅中

木のもとにふんどし洗ふ涼み哉　（明26）

正月の人あつまりし落語かな　（明28）

涅《ね》槃《はん》像《ぞう》仏一人は笑ひけり　（明28）

内のチヨマが隣のタマを待つ夜かな　（明29）

35　真の滑稽は真面目なる人にして

我《わが》俳句仲間に於《お》いて、俳句に滑稽趣味を発揮して成功したる者は漱石《そうせき》なり。漱石最もまじめの性質にて、学校にありて生徒を率《ひき》ゐるにも厳格を主として不規律に流るゝを許さず。紫影《しえい》の文章、俳句、常に滑稽趣味を離れず。此《この》人亦《また》甚《はなは》だまじめの方にて、大口をあけて笑ふ事すら余り見うけたる事無し。之《これ》を思ふに真の滑稽は真面目《まじめ》なる人にして始めて為《な》し能《あた》ふ者にやあるべき。

『墨汁一滴』

*

明治三四年(一九〇一)一月三〇日の子規の言葉。この言葉が見える『墨汁一滴』は、すでに14でも紹介したが、明治三四年一月一六日より七月二日まで「日本新聞」に一六四回にわたって連載した随筆。子規は、執筆の動機を「斯《かか》るわらべめきたるものをことさらに掲げて諸君に見《まみ》えんとにはあらず、朝々病《やまい》の牀《とこ》にありて新聞紙を披《ひら》きし時、我《わが》書ける小文章に対して聊《いささ》か自《みずか》ら慰むのみ」と記している。

読者の皆さんは、チョット不思議に思われるかもしれないが、俳句は滑稽、すなわち「笑い」の文芸であった。子規をはじめとして、明治時代の俳人は、俳句の滑稽的側面に少なからぬ関心を持っていた。子規門の佐藤紅緑《さとうこうろく》は『滑稽俳句集』(内外出版協会)を編み、寒川鼠骨《さんがわそこつ》は『古今滑稽俳句集』(大学館)を編《あ》んでいる。序文の中に内藤鳴雪《ないとうめいせつ》は「俳諧ハ滑稽なり。十七字詩是《これ》より出《い》づ。元禄捨てず、天明取る。明治豈其初《あにそのはじめ》を忘るべけんや」(『滑稽俳句集』)との言葉を残している。彼等の滑稽への関心が並々でなかったことが窺《うかが》えよう。

子規は、滑稽俳句の代表として漱石と紫影を挙げている。漱石には〈叩《たた》かれて昼の蚊を吐く木魚哉《かな》〉〈朧夜《おぼろよ》や顔に似合ぬ恋もあらん〉等の句があり、紫影には〈髪刈れば首筋につく余寒かな〉〈春風や三人行けば下《げ》戸《こ》上戸《じょうご》〉等の句がある。藤井紫影(乙男《おとお》)は国文学者。「自分は性来臆病で、人中へ出ることが嫌いなので、交遊は極めて少い」(俳誌「懸葵」アンケート)と語っている。昭和二〇年(一九四五)没。享年七八。子規は、二人の共通点として真面目な性格を指摘し、滑稽俳句との関係を面白がっている。

もっとも、子規の滑稽観は独自のものであり、『獺祭書屋俳話《だっさいしょおくはいわ》』において蕉風の俳諧を、「只《ただ》和歌の単一淡泊なるに対して、其雅俗の言語混淆《こんこう》し、其思想の変化多くして、且《か》つ急劇なるを謂《い》ふ」と理解しているが、これがそのまま子規の滑稽観と見てよいであろう。

36　小学者道へ堕落致し候

小生ハ如何なる前世の悪業にや、今度之《の》試験にもとう〱及第せしよし、誠ニ有がた迷惑ニ存候。兼《かね》て御話申上《もうしあげ》候通り、今度の試験ニ落第したる暁《あかつき》ニハ、高等中学ハ勿論《もちろん》やめてしまひ、一年間ハ故山《こざん》の風月《ふうげつ》に浩然《こうぜん》の気を養ひ、其《その》後事情によりてハ大学の撰科へはいる積《つも》りニ御坐候処《ところ》、九仞《きゆうじん》の功を一簣《いっき》ニ破らず、実ニ切歯扼腕《せっしやくわん》致居《いたしおり》候。若《も》シ小生が落第せしならバ、古今独歩、東西絶倫、大極上〻、無類飛切《とびきり》といふ大学者になる処《ところ》を、月にむら雲のたとへにもれず、天公の妬《と》によりて終《つい》に小学者道へ堕落致し候。

明治二三年七月一五日付夏目漱石宛子規書簡

＊

子規は、明治二三年（一八九〇）七月八日、第一高等中学校を卒業している。この時、病気療養のため（前年、喀血している）故郷松山にあった。そこで卒業証書は、親友の漱石があずかって、その旨《むね》、子規に報じた。その返事として書かれた手紙中の言葉である。

　後年、明治二五年（一八九二）、子規は、帝国大学文科大学国文科を「詰《つま》らないから止《よ》した」「試験通過のために学問をするといふのは間違つて居《い》る」との理由でやめている（佐藤紅緑「子規翁終焉後記」）。子規は、「日本文学の骨髄」としての俳諧研究に専念したかったのである。――そんな子規の生きかたの萌芽が右の書簡にも、すでに窺《うかが》える。すんなりと第一高等中学校を卒業したことを不服としているのである。

　この年の四月一二日、子規は、河東碧梧桐の俳句に対して、手紙で丁寧な指導をしている。子規の俳句への関心は、すでに大いに高まっていたと見てよいであろう。二四歳の子規の自負心は、まことに気宇壮大である。卒業ということになったのは、「天公」（天、造物主）が、子規の才能に嫉妬したからだというのである。そうでなければ、「古今独歩、東西絶倫、大極上〻、無類飛切といふ大学者」になっていたところであると。この言葉は、なかば冗談であり、親友漱石に対してのユーモアであろうが、なかばは本気でもあったのではなかろうか。後年、しきりに「大野心《だいやしん》」（前出26、後出78参照）ということを説いた子規であってみれば、その自負心はなみなみならぬものであったであろう。

37 変テコな味

日本の国に生れて日本酒を嘗《な》めて見る機会は可《か》なり多かつたに拘《かかわ》らず、どうしても其《そ》の味が辛《から》いやうな酸《すっ》ぱいやうなヘンナ味がして、今にうまく飲む事が出来ぬ。之《これ》に反して西洋酒は、シャンパンは言ふ迄《まで》もなく、葡萄酒でもビールでもブランデーでも、幾らか飲みやすい所があつて、日本酒のやうに変テコな味がしない。

『病牀六尺』

*

『病牀六尺』の明治三五年（一九〇二）八月一一日の条。死の一カ月ばかり前の記述である。子規は、ほんの少し嗜《たしな》む程度、下戸だったようである。その子規が日本酒と西洋酒の比較をしているのであるから面白い。子規の基準は、下戸ゆえの飲みやすさにあったようである。日本酒は、口にあわなかったのであろう。「辛いやうな酢ぱいやうなヘンナ味」と記している。それでも、日本酒の句を何句か残している。例えば、

酒のんで一日秋をわすれけり

冷《ひや》酒《ざけ》を飲み過しけり後の月

酒買ふて酒屋の菊をもらひけり

等である。一句目、二句目は明治二五年(一八九二)の作品、三句目は明治三五年(一九〇二)の作品である。まったく飲めなかったということではないのであるが、二句目からは、下戸の子規像が浮かび上がってくる。

自分が下戸であるということも関係しているのであろうが、門下生の飲酒に関してはかなり厳しい態度で臨んでいる。明治三五年八月一八日付森田《もりた》義郎《ぎろう》宛の手紙には、

今ノウチニ酒ヲ止メ玉《たま》へ、晩酌ト云フモノハ年老イテ隠居シタ爺サンノスルコトナリ、今カラ晩酌ナドトハ生意気ト云《い》フベキモノカ。

と記している。森田義郎は、明治一一年(一八七八)愛媛県小松町生まれの子規門の歌人。この時、二五歳。子規より一一歳年少ということになる。同郷ということもあり、手厳しい。

日本酒に比べて、飲みやすいということも関係してか、西洋酒への関心は高かったようである。シャンパン、葡萄酒、ビール、ブランデーと驚くほど多種類の西洋酒を飲んでいる。子規の西洋への憧れの反映ということでもあったのであろうか。

38　チト御買締被下間敷や

短冊御送被下《くだされ》難有《ありがたく》候。壱銭五厘といふ相場ハ始めて承り大ニ発明する〔納得する〕所有之《これあり》候。物価騰貴之際デ此《この》位ならバ来春にも相成候ハヾ大下落之事と存候。そこで御依頼申度《もうしたき》ハ壱銭五厘位の相場で小生の短冊チト御買締《しめ》被下《くだされ》間敷《まじき》や。此《この》時に際して制限外発行を廃し、通貨の縮小をはかるために二、三百枚も買上候ハヾ、来春に至りても左迄《さまで》の暴落ハ無之《これなき》かと存候。右二、三百枚御集め被下候ハヾ壱割の手数料ハ差上可申《もうすべく》候。

明治三一年八月下旬頃柳原極堂宛子規書簡

＊

一見ユーモラスな手紙であるが、子規の心中は決して穏やかではなかったはずである。当事者の柳原極堂《やなぎはらきょくどう》は、その著『友人子規』(前田出版社)の中でそのいきさつを、

松山市のさゝやかな古道具屋の店先を見るとガラスの古ぼけた風鈴が吊されてをり、それに結びつけられし一葉の短冊には俳句が書かれてゐて子規と署名されてゐる。正《まさ》しく子規

の染筆であつた。これは売物であらうねと問ひしに、代価は一銭五厘だとの返答であつたから、価を与へて短冊だけを持ち帰つた。子規の名声のいまだ世に顕《あらわ》れざりしころとて、其《そ》の染筆が世人一般に認められざりしは不思議でない。

と記している。松山の古道具屋に子規の短冊が風鈴の短冊として吊るされて売られていたというのである。値段は、風鈴込みで一銭五厘。一銭五厘といっても、今ひとつピンとこないであろうが、当時の郵便はがきがちょうど一銭五厘である。今日、はがきは、五二円。子規が愉快であろうはずがない。あまりの安さに喫驚したことであろう。その不快な気持ちをぐっと抑えて、子規は、自ら染筆した短冊類の買占めを極堂に依頼したのであった。そのようにすれば、こんなにも廉価で流通しないであろうというのである。

柳原極堂は、子規と同郷松山の同年の友人。子規のために明治三〇年(一八九七)一月、俳誌「ほとゝぎす」を松山で発行したことはすでに述べた。

かつては子規を憤慨させた子規染筆の短冊の価《あたい》であったが、今日、もし市場に出たとしたら、一枚一〇〇万円前後ということになろう。短冊に限らず、子規の真蹟類は、高額で取引されている。右の手紙につけても、今昔の感がある。

39　まだ二年や三年

> 小生近来はいくらか善き方なれど、さりとて便所にも行けぬ次第、からだ半分は棺桶の中に這入《はいり》居《おり》候、されど別に発熱もなく、烈《はげ》しき苦痛もなき時は中々の元気にて、まだ二年や三年に死ぬるなどゝは存不申《ぞんじもうさず》、例の駄法螺《だぼら》など吹居候。
>
> 明治三二年一月二一日付太田正躬宛子規書簡

*

明治三二年(一八九九)の時点での子規の病状、そして心境が率直に吐露されていて興味深い。まず名宛人の太田《おおた》正躬《まさみ》について記しておく。子規は随筆『筆まかせ』(第一編、「五友の離散」の項)の中に、

> 余《よ》は、幼時、郷里に在る頃、太田、竹村、三並、安長の四子と交、最も多し。人も余も称して五友となす。詩会、書画会を共にし、終には共に五友雑誌なる者を発兌《はつだ》するに至れり。

と記している。ここに見える「太田」が太田正躬である。「竹村」は、竹村《たけむら》鍛《きとう》(河東静渓の三男。

碧梧桐の兄。俳号、黄塔《こうとう》。前出7参照)、「三並」は三並良《みなみはじめ》(子規の従兄弟《いとこ》半《はん》。前出27参照)、「安長」は森《もり》(安長《やすなが》)知之《ともゆき》(後の陸軍大佐)である。子規は「五友《ごゆう》」と呼んでいる。少年時代、回覧雑誌等を作った親しい仲間である。太田正躬は、慶応元年(一八六五)に生まれ、昭和一一年(一九三六)に没している。子規より二歳年長。この書簡は、大阪西区江戸堀北通住の太田宛に出されたもの。この時、子規は、三三歳、太田は、三五歳ということになる。書簡の中に「商買界は如何《いかが》可有《あるべく》や。経験がなければ迚《とて》もだめだ、など安んじて居る内いつか若手がのりこえて行くやうに相成《あいなら》ず候や。御油断あるまじく候」と見えるので、「商買界」(財界)の人物であったものと思われる。

　右の文章は、自己を客観視しての記述、例によって、どこかユーモラスな雰囲気が漂っている。別のところには「森は三人、三並は二人(外に一人死去)、竹村も二人、君は一人、皆々子孫繁昌に候ところ、小生ひとり寒衾《かんきん》を擁《よう》して呻吟《しんぎん》致居《いたしおり》候。養子でもいたさんかと存居《おり》候」との文言が見えるが、子規の心中を思うと、何とも痛ましい。なお、森知之は、慶応三年(一八六七)に松山に生まれ、昭和二一年(一九四六)に没している。号、松南、南渓。子規は、『筆まかせ』の中で「旧友」として位置付けている。

40 へんてこな配合

腰部ハ痔瘻《じろう》にてハなく、矢張《やはり》同じものゝ由、其《その》痛の鋭敏なるにハ困りきり候。毎日繃帯《ほうたい》のとりかへにハ大声あげて泣申候。平時にても痛みて堪《た》へ難《がた》きこと多く誠にもてあまし候。体の動きがむつかしく、咳嗽《がいそう》さへ一〻腰部にひゞきて困難するなど、総《すべ》て一昨年に似てをれども、今年の方が軽くて、何事もしやすく候。一切の食物ハやめにして牛乳と菓物《くだもの》ばかりに御坐候。へんてこな配合とて大笑ひに御坐候。無聊《ぶりょう》ニたへず臥しながら乱筆如此候。

明治三二年五月一二日付大原恒徳宛子規書簡

*

名宛人の大原恒徳《おおはらつねのり》は、これまで何度か登場したが、子規の母八重の弟であり、第五十二国立銀行の役員をしていた。子規の叔父であり、後見人の役割をはたしていた。その叔父に宛てての近況報告である。この時、子規は三三歳。

まずは、体調報告。一時は「痔瘻」と診断された膿の出る穴であるが、それも結局は、結核性のカリエスによるものであったとしている。子規の場合は、湿性カリエスだったのであろう。次から次へと増殖する新しい穴に閉口している子規の報告は、まことに痛々しい。

　この少し後、同年六月一日付で門人石井露月に認《したた》めた手紙の中では、「今度の病《やまい》程望なきはあらず候。生死の事は知らず、すわれるといふ望殆《ほとん》ど絶《たえ》申候。すわれぬ程ならば死んだも同じことに候。否《いな》徒《いたずら》に苦痛をなめんよりは死んだ方が余程ましに候」と語っている（前出10参照）。死の恐怖よりも「苦痛」から解放されることが優先されている。とにかく激痛が走ったようである。「痛の鋭敏なるにハ困りきり候」とは、そのことを言っている。芭蕉の句に〈腫物《はれもの》に柳のさはるしなへ哉《かな》〉があるが、それに倍しての極端な痛みに襲われたのであろう。「毎日繃帯のとりかへにハ大声あげて泣申候」は、嘘偽《うそいつわり》のない告白と思われる。その繃帯取替えの担当が、妹の律。その苦労は、大変なものだったであろう。それでも一昨年よりは痛みが軽いと報告しているのは、不思議なところである。一進一退ということなのか。

　健啖家の子規が「一切の食物ハやめにして牛乳と菓物ばかりに御坐候」と言っているのは、排便への配慮か。痛ましい。「へんてこな配合」の「配合」とは、蕉門で言うところの「取り合せ」に近い概念の俳論用語。子規はそれを日常語に転用して愉快がっているのである。

41　医者が病人に菓物を贈る

医者が食物の事尋ね候故《ゆえ》、何も喰へず菓物《くだもの》ばかりくふ由《よし》申候処、医者、菓物ハよろしからぬ由申す。私打返して〔返答して〕、菓物くはぬ程ならば生きて居る甲斐ハあらじ、年〻歳〻寐てばかり居て肉体上の快楽ハ食物より外にハ何も無之《これなく》、食物の内にてハ菓物ばかり病を慰むる者ハあらず、それをやめるなら何一つ楽があるべきやと申候へバ、医者も目をしばたゝき候〔共感、同情の様子〕。私も其《その》時、急に悲しくなりし事も候ひき。（中略）一昨日も医者来りて、食物の事話し候故、毎日梨を喰ふ由申候ひしに、梨ハよからず。僕ノ内に林檎のもらひ者あれバ、進《まい》らすべし。医者が病人に菓物《くだもの》を贈るとハ、あるまじき事なれどもなど笑ひて去りしが、昨日ハ約束の菓物を届けてくれ候。

明治三二年八月二三日付佐伯政直宛子規書簡

*

書簡の名宛人佐伯政直《さえきまさなお》は、父方の従兄。第五十二国立銀行員。子規は、幼いころ習字の指導をしてもらった。

本書簡は、先の12にも紹介したが、右の内容は、医者から果物をもらった話。医者は特定されていないが、ごく親しい関係であることが窺《うかが》われるので、子規の主治医の宮本仲《みやもとなかい》か。子規に宮本を紹介したのは、子規の恩人陸羯南《くがかつなん》。第一高等中学校時代からずっと子規を診ている。

子規が果物好きであったことは、右の一節からも十分に窺えるであろう。この二年後の明治三四年（一九〇一）の「ホト、ギス」第四巻第六号、第七号にも「くだもの」なる随筆を発表し、果物好きをアピールしている。特に左の一節など驚嘆させられる。

> 余《よ》がくだものを好むのは、病気の為《た》めであるか、他に原因があるか一向にわからん。子供の頃はいふ迄《まで》もなく、書生時代になつても菓物は好きであつたから、二ケ月の学費が手に入つて牛肉を食ひに行たあとでは、いつでも菓物を買ふて来て食ふのが例であつた。大きな梨ならば六つか七つ、樽柿ならば七つか八つ、蜜柑ならば十五か二十位食ふのが常習であつた。

そんな子規に、医者は、梨は体によくないということで、林檎を贈ったという話である。医者が患者に贈物をするなど、前代未聞。大いに笑える。親しい間柄であったからこそであろう。

宮本は、「最後の年には、屡々《しばしば》麻睡剤をのませたが、併《しか》し子規は、苦しみ痛みに好く勝つて、習はずして、好く悟道に入つてゐた」（「子規と病気」）と回顧している。

識

『病牀六尺』明治三五年八月一五日の条に見える『審美綱領』(明治三二年刊)

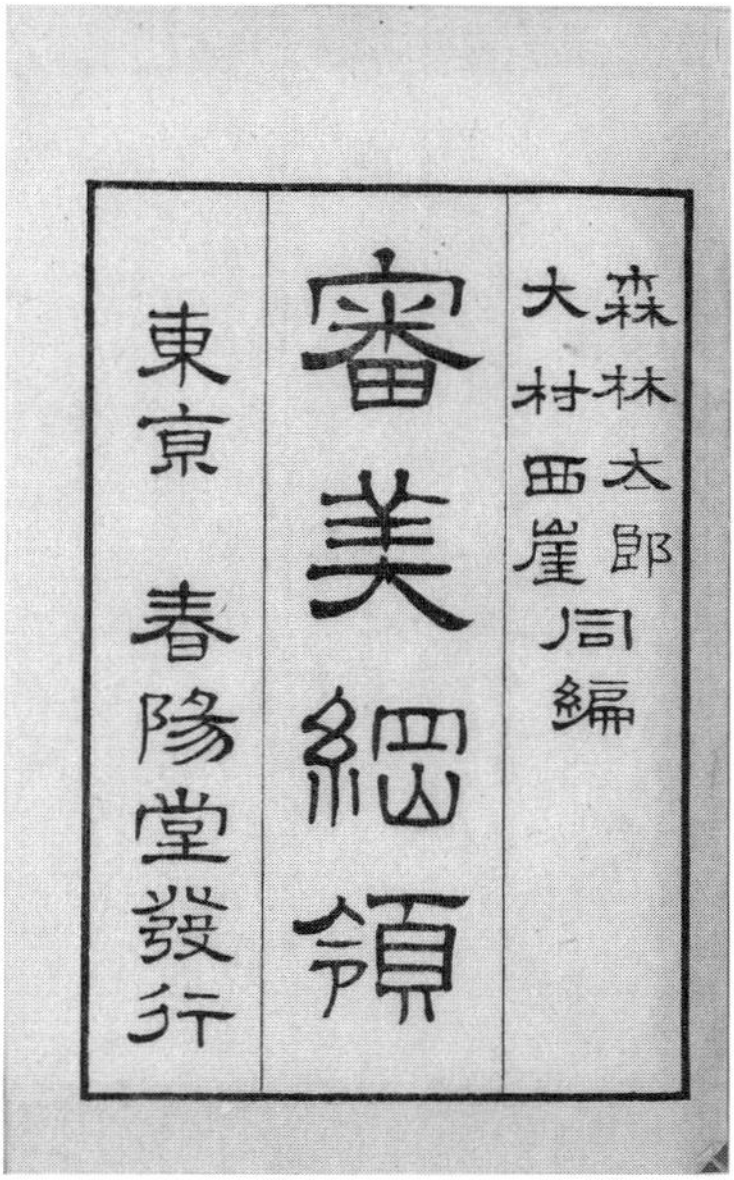
森林太郎
大村西崖
同編
審美綱領
東京
春陽堂發行

本質を見通し、突く

老子

渾沌《こんとん》をかりに名づけて海鼠《なまこ》哉

（明26）

ある俳人に対して

月並《つきなみ》は何と聞くらん子規《ほととぎす》

（明26）

芭蕉翁二百年忌

月花《つきはな》の愚をしぐれけり二百年

（明26）

自題小照

大三十日《おおみそか》愚なり元日猶《なお》愚也《なり》

（明34）

草木国土悉皆成仏《しつかいじようぶつ》

糸瓜《へちま》サヘ仏ニナルゾ後《おく》ルヽナ

（明34）

糸瓜咲て痰のつまりし仏かな

（明35）

42 与ふる者威張り、与へらるゝ者下る

総じて世の中は、与ふる者威張《いば》り、与へらるゝ者下《さが》るの定則《ていそく》と見えて、さすがの兵卒殿も、船の中に居《い》て、船の飯《めし》を喰《く》ふ間は、炊事場の男どもの機嫌を取る故《ゆえ》にや、飯焚《めしたき》の威張りに威張る面《つら》の憎さ。実《げ》にも浮世は現金なり。

「従軍紀事」

*

正岡子規は、明治二八年(一八九五)四月一〇日、「日本新聞」の記者として日清戦争に従軍するために広島県の宇品《うじな》港を海城丸にて出航している(友人中村不折は、四月一三日、第四師団付き従軍記者として出航)。近衛連隊付。そして、日々の概況を「陣中日記」として「日本新聞」で報じている。が、同年五月一〇日、日清講和条約が批准され(締結は、四月一七日)、五月一五日には船で帰国の途についている。激しい喀血に見舞われたのは、帰国の船中において。上陸後、ただちに神戸病院に入院するが、一時は重篤の病状となる。子規、時に、二八歳。

この従軍記者としての軍隊における「冷遇」の体験を記述し、時の政府に訴えたものが「従

軍紀事」である。翌明治二九年（一八九六）一月一三日付の「日本新聞附録週報」から連載を始め、「日本新聞」あるいは「日本新聞附録週報」に二月一九日付に至るまで七回にわたって執筆している。右の言葉は、「日本新聞附録週報」の一月二七日のもの。

子規が憤《いきどお》ったのは、部隊によって、従軍記者の待遇が著しく異なっていたこと。「今は、只《ただ》其《その》待遇を一にし、之《これ》を発表せんことを政府に希望する者なり。余《よ》は、其《その》参考に資せんがために、こゝに自ら経歴する所を叙述せんとす」と記している。ただし、軍の「冷遇」を批判するばかりではない。自分たち新聞記者に対しても「外に責むる者は、内に省《かえりみ》ざるべからず。従軍記者たる者、自ら心に疚《やま》しき所無きか。泥棒と呼ばしめ、新聞屋と笑はしむる者、果してこれが素《もと》を為《な》す者無きか」と自省している。このあたりが、子規の魅力であろう。

右に引用の言葉は、船中描写の一齣。従軍記者仲間の不平は食事に集中していたようである。子規は、「万事不自由なる従軍には何より彼より只《ただ》食事のみぞ唯一の楽みなる」と記している。これは子規自身の正直な思いでもあったであろう。ところが「飯櫃を抱えて船の飯焚に叱られ」る体験をしたのだった。右の言葉、子規のシニカルな眼差《まなざ》しが冴えている。今日にも通じる打算的な人間関係の指摘である。

43

金と本は貸すべき事

世の蔵書家は、どうかすると本を人に貸す事を嫌ふ者にて、如何《いか》にもそれが心鄙《いや》しく感ぜられ候故《ゆえ》、自分は「金と本は貸すべき事」といふ掟《おきて》を拵《こしら》え置候処《ところ》、（中略）さて本を貸したのは非常の苦痛を感ずる場合屢《しばしば》有之《これあり》候。本といふものは、朝も晩も手を離さぬというやうなのは少き者にて、一年に一度用に立つとか、二年に一度用に立つとかといふが多く候。しかし二年に一度でも、三年一度でも用に立てば其《その》時が其《その》本の必要なる時に相違無く候処、丁度《ちょうど》其時に其《その》本が人に貸してあれば、其本は自分のために何の用にも立たずに終り候。日頃用の無き本なればゆつくりと御覧なされ、と人に貸したる翌日、急に其本の必要を感ずる事も有之《これあり》候。ある本が見たいと頻《しき》りに本箱を捜しても見当らず、はては焼気《やつき》になつて文庫や行李《こうり》の底迄《まで》捜しても見当らず、後《あと》にて聞けば、それは一年程前に某《ぼう》に貸してありし事分り候事も有之候。

「消息」

*

右は、すでに20でも紹介したが、明治三二年(一八九九)発行の「ホトヽギス」第三巻第三号より第四巻第三号までに一〇回にわたって連載された消息形式の近況報告。引用したのは、第三巻第一一号所収の明治三三年(一九〇〇)八月二一日の言葉。「世の蔵書家は、どうかすると本を人に貸す事を嫌ふ者にて、如何にもそれが心鄙しく感ぜられ候」——こんな思いをした学者、研究者は、少なくないはずである。私なども、若い頃、活字化されていない資料は、どんどん活字化し、学者・研究者共有の財産にすればよいのに、と思ったことである。そこから本質的な研究がスタートするであろうから。この思いは、今でも変わっていない。国の機関が、未公開資料を、重要性の高いと認められるものから順番に、どんどんと影印(写真)化、活字化していったならば、研究者個々人は、無駄な労力を費やさずに、より本質的な研究に没頭できるであろう、と。今のネット社会は、そのような方向で動きつつある。歓迎すべきことである。

子規は、自分の蔵書を開放する主義を採っていたようである(ちなみに、子規の蔵書目録を見ると、子規は、金銭面で家人をはらはらさせたのではあったが、大変な蔵書家であったことがわかる)。が、子規のこの方針、問題がないわけではない。いざ見ようとすると、その本がない、ということが生じる、というのである。学者・研究者ならば、誰しもがこんな体験をしたことがあるであろう。

44 美といふ事、少しも分らず

兆民居士《ちょうみんこじ》の一年有半《いちねんゆうはん》といふ書物、世に出《いで》候よし、新聞の評にて材料も大方分り申候。居士は咽喉に穴一ッあき候由、吾等は腹背中臀《しり》ともいはず、蜂の巣の如く穴あき申候。一年有半の期限も大概は似より候ことと存候。乍併《しかしながら》、居士はまだ美といふ事、少しも分らず、それだけ吾等に劣り可申《もうすべく》候。理が分れば、あきらめつき可申、美が分れば楽み出来可申候。杏を買ふて来て細君と共に食ふは楽みに相違なけれども、どこかに一点の理がひそみ居《おり》候。焼くが如き昼の暑さ去りて、夕顔の花の白きに夕風そよぐ、処《いずれ》何の理窟か候べき。

『仰臥漫録』

*

明治三四年(一九〇二)一〇月一五日の条。「理」と「美」に対する子規の見解。「兆民居士」は、中江《なかえ》兆民《ちょうみん》のこと。弘化四年(一八四七)、土佐国高知で生まれ、明治三四年、東京で没している。享年、五五。思想家。子規より二〇歳年長ということになる。『一年有半』は明治三四年九月に、『続一年有半』は同年一〇月に、博文館より出版された随筆。春発病した喉頭癌の宣告(実際には食道癌)をきっかけとして執筆されたもの。極限状況での執筆ということで、話題となり、多くの読者を獲得した。一二月一三日の死を「報知新聞」は一五日付で「一年有半を著はして洛陽の紙価を高からしめたる中江兆民先生」との書き出しで報じている。

　子規は、自分と同じような境遇ゆえに「兆民居士」に関心を示したものであろう。ただし、この時点では内容は書評等で理解しつつも、『一年有半』をまだ披見していなかったようであり、この「理」と「美」の二視点よりの兆民評は、少々無謀であるようにも思われる。病子規にしてみれば、病兆民に対して、マスコミ(新聞)が少し騒ぎ過ぎる、との思いが強かったのではなかろうか。『一年有半』の内容そのものよりも、死期が宣告されている人物が書いた、ということへの興味本位の取扱いである。これに似たようなことは、今日でもあるように思われるが、いかがであろうか。一〇日後の一〇月二五日の条では、

　「一年有半」ハ、浅薄ナコトヲ書キ並ベタリ。死ニ瀕シタル人ノ著ナレバトテ、新聞ニテホメチギリシタメ、忽《たちま》チ際物《きわもの》トシテ流行シ、六版、七版ニ及ブ。

と記している。この時点では、しっかりと『一年有半』を読んでいる。子規は、兆民嫌いだったのかもしれない。

45　朝顔ヨリモ

午前、陸《くが》妻君、巴《ともえ》サント、オシマサントヲツレテ来ル。陸氏ノ持帰リタル朝鮮少女ノ服ヲ巴サンニ着セテ見セントナリ。服ハ立派ナリ。日本モ友禅ナドヤメテ、此《この》ヤウナモノニシタシ。

芙蓉ヨリモ朝顔ヨリモウツクシク

『仰臥漫録』

＊

同じく『仰臥漫録』の明治三四年（一九〇一）九月五日の条に見える言葉。この日の子規の食事が記されているので、引き写してみよう。

朝　粥三椀　佃煮　瓜ノ漬物
昼　メジノサシミ　粥四椀　焼茄子　梨二ツ
間食　梨一ツ　紅茶一杯　菓子パン数個
夕　鶏肉　卵二ツ　粥三椀余　煮茄子　若和布《わかめ》二杯酢カケ

ことわっておくが、子規は、健康体ではない。結核性のカリエスで臥床の生活をよぎなくされていたのである。にもかかわらずのこの健啖家ぶりには驚きを禁じ得ない。

それはさておき、この日の午前中、子規の恩人、日本新聞社社長陸羯南《くがかつなん》の妻が、病床の子規を慰めようとやってきたのである。この年七月に、陸は、大アジア主義を唱えた貴族院議長近《この》衛《え》篤麿《あつまろ》に随い清韓視察に行き、九月はじめに帰国したのであった。「朝鮮少女ノ服」は、その折に購《もと》めた土産であろう。陸一家は、大の子規好き。この日やってきたのは、陸の妻「てつ子(てつ)」、四女「巴(ともゑ)」、五女「しま」の、総勢三人である。この時、「巴」は九歳、「しま」は六歳である。

羯南の妻てつ子は、「朝鮮少女ノ服」を、巴に着せて、子規に見せに来たのである。それに対する子規の感想は、感動すべきもの。「服ハ立派ナリ。日本モ友禅ナドヤメテ、此ヤウナモノニシタシ」。日本の「友禅」の着物よりも、「朝鮮少女ノ服」のほうがいいというのである。こんな率直な感想を述べるのが、子規。『仰臥漫録』には、子規によって、巴の着た「朝鮮少女ノ服」の彩色の美しい絵が描かれている。てつ子、巴サン、オシマサン三人がやってきたのは、羯南の意向を汲んでのものであろう。子規は、何の偏見も持たずに「朝鮮少女ノ服」を絶賛している。陸家と子規との実に気持ちのよい交流である。

46 叱り諭さゞるは思はざるの甚だしきなり

我《わが》子が現に悪行を為《な》したる場合にすら、知らざるまねして、之《これ》を叱り諭《さと》さゞるは思はざるの甚《はなは》だしきなり。六、七歳以上の小児が全く無邪気にはあらで他人の物を持ち帰りたるが如き、又は隣家の小児を故意に恐迫して泣かしめたるが如き場合に於《お》いて、其《その》小児の父母は、隣家の小児の父母に対して表面上に我児を叱るとも、裏面には毫《ごう》も之《これ》を懲戒するの意思無き者あり。

「病牀譫語」

*

「病牀譫語《びょうしょうせんご》」は、明治三二年（一八九九）三月一三日より四月二四日まで、五回にわたって「日本新聞附録週報」に連載された随筆。「譫語」は、高熱で正気を失った時に発するうわごとをいう。この年の三月二〇日付夏目漱石宛書簡の中で、

家庭の快楽なき小生が、斯《か》く御無沙汰に過ぐるは、寒気のためと、ほとゝぎす〔俳句雑誌〕のためとに有之《これあり》候。年始以来は、全く寒気《さむけ》に悩され、終日臥褥《がじょく》する事少からず、時には発

熱などあり、全体に身体疲労致候ため、ほとゝぎすの原稿、思ふやうに書けず、若《も》し四頁以上の原稿を書くとなるといつでも徹夜致し、そして後で閉口致すやうな次第に有之候。小生は、前より夜なべの方なれども、身体の衰弱する程愈ゝ《いよいよ》昼は出来ず、夜も宵の口は余り面白からず、十一、二時の頃よりやう〳〵思想溌発《はつはつ》に相成候。徹夜の翌日ハ何も出来ず不愉快極り候。

と記している。明治二九年（一八九六）以降、病臥の状態にあった子規であるが、病状は、少しずつ悪化していたのである。

そんな状態の中で書かれた「病牀譫語」である。右の教育論（いわゆる躾《しつけ》についてである）は、今日でもそっくりそのまま通用するであろう。子供が悪事を働いた場合、しっかりと叱り、教えなければならないというのである。「小児の父母は、隣家の小児の父母に対して表面上に我児を叱るとも、裏面には毫も之を懲戒するの意思無き者あり」——今日でもこんな親は、山のようにいよう。善悪の区別は、子供の時にしっかりと躾ることである。日本のことわざに「臭い物に蓋をする」があるが、日本人は、とかく悪事に対して見て見ぬふりをする傾向がある。小児の時に善悪ということをきちんと教えておかなければいけない、というのが子規の考えである。大いに首肯し得るであろう。子規の教育論は、時代を先取りしていよう。

47 猜疑褊狭

道徳上、何の悪意も無き者を打擲《ちょうちゃく》するに至りては、其《その》害、悪事を看過するよりも猶甚《なおはなは》だしからんか。此等《これら》不理の懲戒を受けたる者、残忍酷薄《ざんにんこくはく》の人たらずんば、必ず猜疑《さいぎ》褊狭《へんきょう》の人たるべきなり。

「病牀譫語」

*

同じく「病牀譫語」よりの言葉。叱るといっても、感情的に叱ることは逆効果である。子供が納得する叱り方をしなければならないのである。理不尽(「不理」)な叱られ方をした子供は、大人になってから、「残忍酷薄の人」か「猜疑褊狭の人」になると言っている。「褊狭」は、心のせまいこと、度量の小さいことである。この発言も、また、今日、子供を教育する時(叱る時)心得ておかなければならないことを的確に指摘しているように思われる。

子規は、具体例を示しているので、左に引いてみる。

例へば水遊びによりて衣服を濡らしたる時、稍ゝ《やや》遠きに遊びて帰りの遅かりし時、角力《すもう》を取りて障子《しょうじ》、襖《ふすま》を破りたる時、或《あ》る器物、又は食物を得んとてねだりたる時、此等《これら》の場合に父母は之《これ》を叱るのみならず、甚だしきは之を打ち、之を縛し、或は押込《おしこみ》、塗込《ぬりごめ》の中に閉ぢ込めて之を苦むる事あり。

子規は、打擲したり「押込」（押入れ）、「塗込」（納戸）に投げ込むような躾《しつけ》は、誤った躾だというのである。悪い事をした時には、しっかりと叱らなければならないが、必要以上に叱ることは、子供の性格を歪めかねないというのである。いずれの場合にも、「教へ諭して、以後を注意せしむれば、則《すなわ》ち足《た》る」のである。ただ感情に任せて、力ずくで叱ってみても、「残忍酷薄の人」や「猜疑褊狭の人」を生み出すことにしかならないのである。先の言葉と矛盾するようであるが、決して矛盾しない。要は、叱り方の問題である。あくまでも「教へ諭」さなければならないのである。猫かわいがりも子供を駄目にするが、力ずくの教育も、良い結果を齎《もたら》さないというのである。

子規の右の二つの言葉は、親の子供に対する教育（徳育）について述べたものであるが、今日、低学年の教育に携わる教師にとっても、きわめて有効な教育論のように思われる。学校教育、あるいはクラブ活動において、しばしば教師の暴力ということが問題となるが、子規の右の見解など、解決への示唆を与えてくれているのではなかろうか。

48　大方の人はあまりに気長く

天下の人、余り気長く優《（悠）》長に構へ居《おり》候はゞ、後悔可致《いたすべく》候。

天下の人、あまり気短く取《とり》いそぎ候はゞ、大事出来申間敷《もうすまじく》候。

吾等も余り取《とり》いそぎ候ため病気にもなり、不具にもなり、思ふ事の百分一も出来不申《もうさず》候。

併《しか》し吾等の目よりは大方の人はあまりに気長くと相見え申《もうし》候。


『仰臥漫録』

＊

『仰臥漫録』の明治三四年（一九〇一）一〇月一五日の条の言葉。この日、子規は、松山住の叔父大原恒徳《おおはらつねのり》に手紙を書き、「私事、最早此《この》世ニ望も何も無御座《ござなく》、只《ただ》つらき思ひばかり致申《いたしもうし》候。人ハ生きてさへ居《お》れば善きやうに申《もうし》候へども、生きて居《お》る程苦しきことハ無御座《ござなく》候。毎日御馳走食べたい〳〵とのみ愚にもつかぬことのミ申居《もうしおり》候へども、今ハ御馳走もくへ申間敷《もうすまじく》候」と近況を報じている。親族に対して、苦痛の中で本音を書き連ねたもの。ほんの少し前までは「小生唯一の療養法は、「うまい物を喰ふ」に有之《これあり》候」（前出25参照）などと語っていた子規であったが、わずか半年の間に病状が著しく悪化していることが窺《うかが》われる。食欲がなくなってしまっているのである。

そんな状況の中で書き付けた先の四箇条である。子規自《みずか》ら同日に「吾等も死に近き候今日に至り、やう〳〵悟りかけ申《もうし》候やう覚え候」と記しているように、「悟り」の境地から発せられた言葉と解してよいように思われる。

人間の一生の過ごし方として、傾聴に値しよう。子規の時代の平均寿命は、何歳くらいだったのであろうか(今日では、男女とも八〇歳を超えつつある)。子規は言う、あまりにもゆったりと構え過ぎてもいけないと。かといってせかせかし過ぎても大事は為《な》し得ないと。その間《あわい》の見定め方が、人生を決定するであろうと。この見解は、今日でも首肯されるように思われる。

子規自らは、急ぎ過ぎたと自省している。それが自らを病気へと追い込み、目標の百分の一も成就し得なかったと語っている。子規の心中、察してあまりある。子規にとっては、健康な人々ののんびりぶりが、さぞ歯《は》痒《がゆ》かったことと思われる。

49 行く者悲まず、送る者歎かず

鉄道の線は地皮を縫ひ、電信の網は空中に張るの今日《こんにち》、椎《しい》の葉、草の枕は空《むな》しく旅路の枕《まくら》詞《ことば》に残りて、和歌の嘘《うそ》とはなりけり。されば行く者悲《かなし》まず、送る者歎かず。旅人は羨《うらや》まれて、留まる者は自《みずか》ら恨《うら》む。奥羽北越の遠きは昔の書にいひふるして、今は近きたとへにや取らん。

『はて知らずの記』

*

子規は、明治二六年(一八九三)七月一九日より八月二〇日まで、約一カ月、芭蕉の『おくのほそ道』の行脚を慕って、奥羽旅行を試みている。正岡升《のぼる》、通称「のぼさん」が「子規」と号したのは、明治二二年(一八八九)五月一〇日のこと。前日に喀血、その日、医師から「肺病」(結核)と診断されたのだった。それでも、明治二六年ごろの子規は、まだまだ元気。「日本新聞」に二一回にわたって発表された(明治二六年七月二三日から九月一〇日まで)奥羽旅行の記である『はて知らずの記』には、行動する子規の姿を窺《うかが》うことができる。

右の言葉は、七月一九日のもの。出発の日の「上野停車場」での感慨である。上野・青森間に鉄道が開通したのは、明治二四年（一八九一）のこと。文明開化の波は、怒濤のように打ち寄せていたのである。かつて、万葉の時代には有間皇子《ありまのみこ》が〈家にあれば笥《け》に盛る飯《いい》を草枕旅にしあれば椎《しい》の葉に盛る〉（家に居る時には器《うつわ》に盛って食した飯を、旅先にあるので間に合わせに椎の葉に盛って食べることよ）と詠んだ、野での旅寝を意味した「草の枕」は、旅にかかる「枕《まくら》詞《ことば》」として残っているのみ、実体のないものとなってしまった――と、子規は指摘する。徒歩の旅から鉄道の旅へ。旅の形態が加速度的に変わりつつあったのである。

それを子規は、感傷的にならずに、きわめて冷静に見つめている。旅の情、留別《りゅうべつ》の情などというものなど、どこかへふっ飛んでしまったのである。芭蕉はかつて「前途《せんど》三千里のおもひ胸にふさがりて、幻《まぼろし》のちまたに離別の泪《なみだ》をそゝぐ」（『おくのほそ道』）と記したが、明治の今や、「行く者悲まず、送る者歎かず。旅人は羨まれて、留まる者は自ら恨む」という状況になっているというのである。センチメンタリズムの一欠片《かけら》もない。子規の中にあるのは、流れ行く時代に対する感慨のみ。

50 何等の邪念だも貯へて居ない

魚釣りなどは子供の時からすきで、今でもどうかして釣りに行くことが出来たら、どんなに愉快であらうかと思ふ。それを世の中の坊さん達が殺生《せっしょう》は残酷だとか無慈悲だとか言つて、一概に悪くいふのはどういふものであらうか。勿論坊さんの身分として殺生戒を保つて居るのは誠に殊勝なことで、それはさもあるべき事と思ふけれど、俗人に向つて魚釣りをさへ禁じさせやうとするのは、余り備はるを求め過ぐるわけではあるまいか。魚を釣るといふことは多少残酷な事としても、魚を釣つて居る間は外に何等の邪念だも貯へて居ない所が子供らしくて愛すべき処である。

『病牀六尺』

*

『病牀六尺』は、先にも取り上げたが、子規の最晩年の随筆集。明治三五年(一九〇二)五月五日から九月一七日まで、一二七回にわたって「日本新聞」に連載された。九月一七日は、子規の死の二日前である。

右の言葉は、七月六日の条に見える。釣り好きだった少年時代の子規が髣髴《ほうふつ》として、興味深い記述であるが、それ以上に「今でもどうかして釣りに行くことが出来たら、どんなに愉快であらうかと思ふ」との言葉が痛ましい。このころの子規は、「絶叫。号泣。益〻絶叫する、益〻号泣する。その苦、その痛、何とも形容することは出来ない」(同書六月二〇日の条)といった状態であった。そんな子規が語る釣りへの思いであることを念頭においていただきたい。が、話は実は、ここからなのである。子規は、続けて左のごとく記している。

鳥獣魚類の事は扨《さ》て置き、同じ仲間の人間に向つてさへ、随分残酷な仕打ちをする者は決して少くない。殺生戒などゝ殊勝にやつてる坊さん達の中にも、其《その》同胞に対する仕打ちに

多少の残酷な事も不信《(親)》切な事もやる人が必ずあるであらうと思ふ。

子規の眼差《まなざ》しは、「生きた魚を殺すよりも遥に罪の深い」ことを仲間の人間に向かって行う人間の本質に向けられる。釣りよりも「残酷な事」、釣りよりも「邪気の多い事」が充満している世の中への、病子規の警鐘である。今日においても、傾聴に値する発言であろう。

小学校低学年より、大人社会の職場にいたるまで、いわゆる「いじめ」という愚行がくり返され、自殺者までもが出ている現状を、しっかりと凝視、反省せねばなるまい。

51 俳句を弄するもの

甲店の伴当《ばんとう》、倉皇《そうこう》として街上を走る。乙肆《し》の主管《しゅかん》、袖を扣《ひか》へて止《とど》めて曰《いわ》く、僕、前日大坂の募集に応ず。入花料殆《ほと》んど五十銭を費《ついや》す。而《しか》して一句の賞点に入るなし。何事の胸わるさぞ。甲曰く、前月の巻已《すで》に成るや否や。乙曰く、知らず。一行商傍《かたわら》に在り、曰く、彼巻已《すで》に開きたり。天は某。地は某なり。我句、幸《さいわい》にして十内に在り云々。甲乙皆失望の体《てい》あり。俳句を弄するもの皆此《この》流の人。一侯一伯会〻《たまたま》相逢ふ。侯曰く、前月の歌会、貴下秀歌を詠ず。一坐感賞して三代集中のものとせり。健羨《けんせん》の至りなり。伯曰く、敢《あえ》て当らず。今夜、某々を弊家に召して万葉の講筵《こうえん》を開く。幸に駕《が》を枉《ま》げられよ〔ご来訪ください〕云々。和歌を詠ずるは此種の人なり。

『獺祭書屋俳話』

*

『獺祭書屋俳話《だつさいしよおくはいわ》』が「日本新聞」に連載されたのは、明治二五年（一八九二）のこと。子規、二六歳。まだ帝国大学文科大学に在籍していた。そんな子規が観察した当時の俳人、歌人の様子が活写されている。

少し言葉の説明をしておく。「倉皇」は、あたふたとするさま。「伴当」は、召使の意であるが、子規は「番頭」と同義に使っているのであろう。「主管」は、支配人であるが、大番頭といったところ。それに行商人が絡んでいる。三人とも、当時流行していた点取《てんとり》俳句に夢中になっているのである。投稿料（「入花料」）を投じて発句作品を提出し、高価な景品を得ようというわけである。もちろん、投稿料のほとんどは選句者である宗匠《そうしょう》の懐《ふところ》に入る仕組みである。乙店の大番頭が費やした「五十銭」は、かなりの大金である。駅弁が一〇銭の時代であるから、今の金額にしたら五、六〇〇〇円であろう。投句の結果は、冊子によって発表される（「開く」）のである。

甲店の番頭や、乙店の大番頭は、無点、すなわち選外であったのに対して、行商人は、一〇位以内に入ったというので喜んでいる。これが、子規が蛇蝎《だかつ》のごとく嫌った月並《つきなみ》俳句の実態であり（明治二一年刊、鶯亭金升《おうていきんしょう》『滑稽俳人気質』に活写されている）、『獺祭書屋俳話』によって、その革新に乗り出したのである。インテリ階級による俳句革新である。一方、知の範疇で歌を享受しようという歌人の動向も侯爵、伯爵といった華族を登場人物として、シニカルに語られている。

独

正岡子規編『太祇全集』初版（明治三三年二月刊）

俗を離れて、ひとりゆく

夏痩をなでつさすりつ一人哉《かな》（明25）

獺祭書屋《だつさいしょおく》

古書幾巻水仙もなし床《とこ》の上（明26）

留別《りゅうべつ》

十一人一人になりて秋の暮（明28）

感あり

行く秋の我に神無し仏無し　（明28）

書に倦《う》みて燈下に柿をむく半《はん》夜《や》　（明29）

芭蕉忌に参らずひとり柿を喰ふ　（明30）

52　空涙は無用に候

吾等なくなり候とも、葬式の広告など無用に候。家も町も狭き故《ゆえ》、二、三十人もつめかけ候はゞ、柩《ひつぎ》の動きもとれまじく候《そうろう》。

何派の葬式をなすとも、柩の前にて弔辞、伝記の類《たぐい》読み上候事無用に候。

戒名といふもの用ゐ候事無用に候。曾《かつ》て古人の年表など作り候時、狭き紙面にいろ〳〵書き並べ候にあたり、戒名といふものの長たらしくて書込《かきこむ》に困り申候。戒名などは無くもがなと存候。

自然石の石碑はいやな事に候。

柩の前にて通夜すること無用に候。通夜するとも代りあひて可致《いたすべく》候。

柩の前にて空涙《そらなみだ》は無用に候。談笑平生の如くあるべく候。

『仰臥漫録』

*

『仰臥漫録』中の明治三四年(一九〇二)一〇月一五日の記述である。子規が三六歳で短い生涯を終えたのは明治三五年(一九〇二)九月一九日なので、右の記述は、死の約一年前ということになる。この頃、脊椎カリエスの病状は、「宮本医来診ノトキ、繃帯《ほうたい》ヲ除イテ新シキ口及ビ背中、尻ノ様子ヲ示ス。(中略)医ノ驚キト話トヲ余所《よそ》ナガラ聞イテ余モ驚ク。病勢思ヒノ外ニ進ミ居ルラシ」(同書一〇月九日の条)といった状態。激痛と闘いながらの毎日であった。

そんな中で書かれた「葬式」観であるが、いかが。子規の、時代を先取りしての合理的な「葬式」観であり、私などには大変興味深い。実行し得るか否かは別として、かくあるべし、とは思う。今日のやたらに華美(?)になりつつある「葬式」に対しての警鐘ともなり得ていよう。もっとも、ごく最近では、個人葬が注目されつつあるようだ。私個人としては、大賛成。

項目を一つ一つ辿っていくことによって髣髴《ほうふつ》としてくるのは、子規の本質を見抜く眼差《まなざ》しである。子規は、門人たちに「大野心」を持って仕事をすることを奨励したし、自《みずか》らも「大野心」を持つことによって俳句革新、短歌革新、文章革新を為《な》し遂《と》げたが、そのことと「柩の前にて弔辞、伝記」を読み上げたり、「長たらし」い「戒名」を付けたりすることとは、別問題であるとの爽やかな認識である。

53 不羈自在

文学は材に在り、年に在らず。文学の人、意を強うする者、実にこゝに在り。択《えら》んで文学に居《い》る、しかも才短識浅、年三十を過ぎて未《いま》だ一字の伝ふべき者を得ず。文学に於《お》ける、亦為《またな》す無きなり。只《ただ》文学の、世俗と競はず、年歯《ねんし》と関らず、不羈自在《ふきじざい》にして毫《ごう》も他の束縛を受けざる処《ところ》に於いて、独《ひと》り自《みずか》ら慰むるのみ。

「病牀譫語」

*

「病牀譫語《びょうしょうせんご》」中の言葉。先の46 47でも注目したが、明治三二年(一八九九)に「日本新聞附録週報」に五回にわたって掲載された随筆。「譫語」は、発熱のために生じるうわごとのことであるが、ここではたわごとの意も利《き》かせていよう。子規の病状は、徐々に悪化していく。この年の五月には、寝返りも不自由な状態になる。

右は連載第一回目の一節。子規はまず、「政治家とならんか、文学者とならんか、我は文学者を択《えら》ばん」と書きはじめる。その理由として、「政治家の技能は、其《その》局に当り、其地位を得るに非《あら》ざれば見《あらわ》れず。其局に当り、其地位を得るは、一半は材能《さいのう》により、一半は年歯《ねんし》による」と記している。「材能」は才能（生まれつきの能力）のこと、「年歯」は、年齢のことである。「材能」はともかく、明治二九年（一八九六）より「病牀六尺」（病臥）の生活を余儀なくされていた子規にとって、大いに気になったのは、「年歯」であろう。すでに余命のあまり多くないことを予見していたように思われる。

自らを「才短識浅」と卑下しつつも、「文学者は、往々早熟して早世す。其《その》早世する者を見るに其著作の数、多くは老年の人と匹敵す」と書き、「早熟にして精神を労する者は、五十年間の事業と生命とを併《あわ》せて、之《これ》を十年間に短縮する者にして、文学の上より見れば、其《その》早世のために損益する所無きが如し」と書く子規にとって、早世を前提にしての、文学に邁進《まいしん》する覚悟は、とうにできていたのであろう。病子規の痛ましい覚悟である。――若き日の子規は「芭蕉雑談」（二七歳の折の執筆）の中で、「我邦《わがくに》古来の文学者、美術家を見るに、名を一世に揚げ、誉《ほまれ》を万歳《ばんぜい》に垂るゝ者多くは長寿の人なりけり」と語っていたのだが……。

54　けし粒程の世界

けし粒程の世界に邪魔がられ、うぢ虫めいた人間に追放せらるゝとハ、ても扨《さて》も情《なさけ》なきことならずや。

明治二三年八月一五日付夏目漱石宛子規書簡

＊

子規と漱石との往復書簡は、お互いに安心しきって、しばしば茶化したり、揶揄《やゆ》したりといった内容となり、それが独特のユーモアを醸《かも》し出すことにもなっているのであるが、時にびっくりするぐらい真面目な内容のものがある。明治二三年（一八九〇）八月九日付で漱石が子規に出した手紙の内容も、すこぶる深刻なもの。その中に左のごとき一節が見える。

あゝ正岡君、生《いき》て居《お》ればこそ根もなき毀誉《きよ》に心を労し、無実の褒貶《ほうへん》に気を揉《も》んで、鼠糞《そふん》梁上《りようじよう》より落つるも胆《きも》を消す、と禅坊に笑はれるではござらぬか。御文様《おふみさま》の文句ではなけれど、二ツの目《まなこ》永く閉ぢ、一つの息永く絶ゆるときは、君臣もなく、父子もなく、道徳も権利も義務も、やかましい者は滅茶《めちや》〳〵にて、真の空〻《くうくう》真の寂〻《じやくじやく》に相成べく、夫《それ》を楽しみにながらへ居候《おり》。棺を蓋《おお》へば万事休す。わが白骨の鍬《くわ》の先に引きかゝる時分には、誰か夏目漱石の生時を知らんや。

二四歳の漱石の憂悶である。「御文様」は、蓮如《れんにょ》上人の文章。「すでに無常の風きたりぬれば、すなわちふたつのまなこたちまちにとじ、ひとつのいきながくたえぬれば、紅顔むなしく変じて」と（「白骨の御文」）。当時、漱石は「眼病」を患《わずら》っていた。そんな健康状態も、漱石の心に大きな影響を与えていたのであろう。この書簡の中で、漱石は、自らを「misanthropic 病」（人間嫌い《ミザントロピック》）といっている。「眼病」に「misanthropic 病」が加わっての鬱状態が、右の記述になったものであろう。漱石の若き日の憂悶が、赤裸々に告白されていて、興味尽きない内容である。漱石も、実体のない毀誉褒貶に心を痛めていたのである。そこに現出するのが、死の観念。漱石としては「わが白骨の鍬の先に引きかゝる時分には、誰か夏目漱石の生時を知らんや」との観念によって、かろうじて自らの生を保っていたのであろう。

そんな深刻な漱石に対して、一緒になって深刻に答えることが有効でないことを、子規は心得ていたのである。しっかりしろ、つまらないことに悩むな、と叱咤激励しているのが、右の言葉である。羨ましくなるような二人の友情である。

55 実利と虚名と

新華族、新博士の出来《いでく》る毎《ごと》に、人は、又か、といひて眉を顰《ひそ》むるが多し。こは他人の出世を妬《ねた》む心より生ずる言葉にていとあさまし。余《よ》は寧《むし》ろ新華族、新博士の益《ますます》多く愈《いよいよ》ふえん事を望むなり。されどこれも裏側より見たる嫉妬心といはゞいふべし。博士もお盃《さかずき》の巡り来るが如く来るものとすれば、俗世間にて自分より頭の上にある先輩の数を数へて順番の来るを待つべきなり。雪嶺《せつれい》先生なども今頃お盃を廻されては「辞する程の価値も無い」とでも言はねばなるまじ。併《しか》し新博士には博士号を余り有難がらぬ人もたまにあるべけれど、新華族になる程の人、華族を有難がらぬは無かるべし。宮内省と文部省との違ふためか、実利と虚名とのためか、学識無きと学識あるとのためか。

『墨汁一滴』

*

『墨汁一滴《ぼくじゅういってき》』中に見える明治三四年（一九〇一）五月六日の子規の言葉。明治一七年（一八八四）、華族令が施行され、「華族」が誕生したが、その中で国家に勲功のあった者に与えられたのが「新華族」（公・侯・伯・子・男爵）。宮内省の管轄。一方「新博士」は、明治二〇年（一八八七）の学位令によって定められた法・医・工・文・理の五種の博士。文部省の管轄。

　この二つに対する子規の思い。その誕生に対して人々が不快に思うのは「他人の出世を妬む心」によるものであり、いやしい心であると糾弾している。子規は「新華族」も「新博士」もどんどん誕生すればいいとの見解を示しつつも、そのような子規の姿勢に対して「裏側より見たる嫉妬心」であるとの批判がなされるであろうことをも、自《みずか》ら予見している。「裏側より見たる嫉妬心」とは、「新華族」「新博士」が量産されることによって、両者の価値が下落することを、子規が希求している、と見る人々がいるであろうとの予測である。

　が、子規に言わせれば「博士」も順番待ち、ということになる。「雪嶺先生」は、「日本人」（のち「日本及日本人」と改題）を創刊した哲学者、評論家の三宅雪嶺《みやけせつれい》のこと。足尾鉱毒事件等社会問題にも大なる関心を示した。その雪嶺に仮託しつつ「辞する程の価値も無い」との言を示しているが、これがやはり子規の本音であろう。子規にとっては、「華族」も「博士」も「俗」の最たるもの、ということになるのであろうが、「実利」にかかわる「華族」のほうが、より俗臭芬々《ふんぷん》といった感じがしたものと思われる。

56 困窮を以て人の常態となす

僕ハ殊《こと》に金《かね》の上には意気地《いくじ》無き者、家を持ちて後も、湯代に窮したる事少からず。社の帰りに鉄道馬車に乗れぬを嘆息したる事もあり。僕の覚期《（悟）》は人に異なり。贅沢は大好きな方にて、人の贅沢を見ても羨ましくなれども、さりとて出来ぬ贅沢を無理に為《なそ》うとは思はず。且《か》つ贅沢をして居る時も、开《そ》を常態なりとは思はず。寧《むし》ろ窮困を以て人の常態となすは、僕の心得なり。故《ゆえ》に三度の飯を喰ひ居《お》る今日、飯の喰へぬ明日を忘れたる事なし。今迄《まで》にても極めて窮困を感じたる時の外は、常に自己は贅沢を為《な》しつゝある者と思ふ。蓋《けだ》し今日よりも更に窮困の場合に遭遇する事を思へバなり。此《この》心なくんば野心を成就すること能《あた》ハずと自ら信ず。

明治三〇年一一月四日付五百木飄亭宛子規書簡

*

名宛人の五百木《いおき》飄亭《ひょうてい》は、松山の生まれ。明治二二年（一八八九）秋以来、子規と親しく交流した。右の書簡の別の箇所の言葉は、すでに26で注目したが、この時、子規は三一歳、飄亭は二八歳である。

往時を振り返って、子規は、

　昔日の兄は、無垢清浄にして一点の暗黒点を有せざる水晶の如く透明なりしなり。黄褐《こうかつ》〔黄色の貧しい衣服〕を著《(着)》て、破窓《はそう》に倚《よ》り、粗食厭《いと》はず、餅菓子を喰ふて、興に入れば即ち世間を罵倒す、曰《いわ》く彼、俗骨と。

と記している(同書簡中)。ところが右書簡のころの飄亭は、日々「置酒遨遊《ちしゅごうゆう》」、増上慢の限りを尽くしていたようである。子規は「他日に望あらば今日に堪《た》へよ。大丈夫〔立派な男子〕、金銭の奴隷となる莫《なか》れ」とも述べ、自《みず》らの生活哲学を語って聞かせたのが、右の引用箇所である。子規は「窮困を以て人の常態」と考えているというのである。そうすれば「置酒遨遊」に耽《ふ》けり、俗に塗《まみ》れることはないというのである。自らの「野心」(大志)をなし遂《と》げるには「俗骨」漢になってはいけないのである。友人に対しての真情を込めての忠告。

対して、飄亭は、翌日すぐに子規に書簡を認《したた》め、「兎にかくさう馬鹿には相成《あいなり》申まじく候。貴兄のやうに系統あり秩序ある仕事は出来まじく候へども、これでも何か少しは溜飲の下がるやうなことして死にたき心は有之《これあり》候」と反論している。

57 文士ノ職分

一篇ノ文章ヲ書イテ何円取レタトカ、俳句ヲ抜イテ何円貰フタトカイフ事、他人ヨリ見レバ高過ギルヤウニ思フベク、若《も》シ他人ニ誹《そし》ラレヌヤウニスルニハ、ドコ迄《まで》モ清貧的ニヤラザルベカラザルコトト存候。未来ハ知ラズ、今日ニテハ「文士ハ貧乏ナラザルベカラズ」ト、神様ノ掟ニ定メアルコトト被信《しんぜられ》候。「必要費ダケナクテハ」トハ一般ノ口癖ニイフ所ナガラ、必要費ト贅沢費トノ区別ハ到底難出来《できがたく》候故《ゆえ》、小生ハソンナ曖昧ナコトヲイハズ、必要費デモ何デモ、成ルベク少クシテ暮ラスガ、文士ノ職分ト、此頃始メテ思ヒ知リ候。

明治三三年六月二五日付浅井忠宛子規書簡

*

親友中村不折《なかむらふせつ》の大成功を身近に見ながら、子規の内部に頭を持ち上げてくる妬心を、なんとか鎮めようとする、すこぶる人間的な呟《つぶや》き。それを不折の師で、当時、パリに留学中であった洋画家浅井忠《あさいちゅう》に告げたもの。この時点において不折の画は「三百円」にて売れるようになっていた。子規は、「何ダカ高過ルヤウナ感ジモ致シ候」と率直に記している。ちなみに、子規の日本新聞社での月給が四〇円であったことは、先にも触れた。子規は、自《みずか》らの内なる、不折に対する妬心を、同じ書簡の別の箇所で左のごとく告白している。

平生、自身〔不折〕ハ粗衣粗食ニ安ンジ、一朝専門的研究ノタメニ百金ヲ投ジテ惜マザルハ、実ニ感歎ニ堪《た》ヘザルコトニ候。サル感歎的可賞的ノ事ナガラ、傍《はた》ヨリ見レバ、イヤナ感ジニモナリ候ハ、畢竟《ひっきよう》嫉妬トイフ、アサマシキ心ノ起リシナルベク、小生自ラ自分ノアサマシキニ《（ママ）》感ジ候ト共ニ、又別ニ自ラ省ルコトモ有之《これあり》候。

自らの妬心を認めた上で、なんとかそれを克服しようとしている。子規の書簡の中に、自らの内面をこんなに赤裸々に告白しているものは、他にないように思われる。その結果到達した、一種の悟りの境地ともいうべきものが「文士ハ貧乏ナラザルベカラズ」という「清貧」に甘んじる生活を、「文士ノ職分」として受け入れることだったのである。重出する「文士」なる言葉には、子規の万感の思いが込められていよう。自らの生活を律することが、妬心克服のなによりの捷径《しょうけい》だったようである。

58 瘦我慢

余《よ》は元来瘦我慢《やせがまん》の男にて、身体の弱き割合には不規則に過劇なる運動をなすことあれども、苦しきのみにて何とも思はず。着物も着たらぬぐことは大きらひ、ぬいだら着ることは猶《なお》きらひ、烈寒の時もさむがりの癖に薄着にて表へ出ること多し。されば此《この》旅も綿入《わたいれ》一枚に白金巾《しろきんきん》のシヤツ一枚許《ばか》りにて着がへも持たねば、ひた震ひに震ひしかども、それはたゞ寒いのみなりと達摩（磨）の如く悟りこんでゐて、これが為にわるいとかよいとかいふ考はなかりしのみならず、こんな目にあふて櫛風沐雨《しっぷうもくう》の稽古をすればこそ体も丈夫になり心も練磨するなれと思ひしるこそ、うたてのわざなれ。此船中の震慄《しんりつ》が一ヶ月の後に余に子規の名を与へんとは、神ならぬ身の知るよしもなけれど、今より当時の有様を回顧すれば、覚えず粟粒《ぞくりゅう》をして肌膚《きふ》に満たしむるに足る。

『水戸紀行』

*

子規は、明治二二年（一八八九）四月三日、同郷で、同じ常盤会寄宿舎（旧藩主久松家の育英事業としての寄宿舎)内の友人吉田匡《よしだただし》と水戸への旅を試み、その道程を一篇の『水戸紀行』として残している(帰京は、四月七日)。右の引用箇所は、大洗《おおあらい》を目指して那珂《なか》川を下る四月六日の場面であるが、自《みずか》らのプロフィールを記している箇所として大変興味深い。時に子規、二三歳である。第一高等中学校本科一部二年生。

子規は自らを「痩我慢の男」と名乗って、日常でのその「痩我慢」ぶりを具体的に記している。この『水戸紀行』の旅も「綿入一枚に白金巾のシャツ一枚」だけの出立ちで、着がえも持っていなかったという。「金巾」は、「綿布の一種」という(『大漢和辞典』)。白色の綿のシャツである。そして寒さに震える。それを「櫛風沐雨の稽古」と心得て、心身を鍛えるつもりでいたというのであるから、無茶な話である。子規は、この年五月九日に喀血し、翌五月一〇日、医師より肺病との診断を受けた。その夜、〈卯の花をめがけてきたか時鳥《ほととぎす》〉〈卯の花の散るまで鳴くか子規《ほととぎす》〉等の句を作り、自ら「子規《しき》」と号したのであった。その直接の原因が、この舟旅の「震慄」であったと回顧している点、注目すべきである。

この『水戸紀行』中での興味深いエピソードは、子規と吉田の二人が、すでに本書にも登場している、子規と親交のあった「七変人」の一人、水戸の菊池《きくち》仙湖《せんこ》(謙二郎)の家を訪問し、両親に会っていること。肝心の仙湖とは行き違いであったのだが。

59　狂する位でなければ

昔から日本の人のえらくもない癖に「まじめくさつて」居るのが最も気にくはず。学者でも狂する位でなければ学問が進歩する気遣《きづか》ひは無いのに、少しばかり出来ると最《も》う天狗になつていやに「すます」。今でも同じ事ぢや。済度《さいど》（救うこと）が出来ん。

「文学美術評論」

*

子規は、明治三一年（一八九八）一〇月一〇日発行の「ホト、ギス」第二巻第一号より、翌明治三二年（一八九九）三月一〇日発行の第二巻第六号まで、五回にわたって「文学美術評論」を連載している。署名は「ねずみ」、あるいは「処之助」。子規の三二歳から三三歳にかけてである。右の言葉は、最終回に見える。

「文学美術評論」は、論旨一貫しての評論ということではなく、子規が当時の文学界、あるいは美術界の諸現象に対して感じたことをアフォリズム的に述べたものである。松山から東京に移った「ホト、ギス」の誌面を充実させるべく筆を執ったいくつかの連載の中の一つ。俳句

に関しては、同時にスタートした「古池の句の弁」「俳諧無門関《はいかいむもんかん》」に譲っており、この「文学美術評論」の中では、

> 俳句が尽きるとて研究をやめるは訳の分らぬ事なり。
> 俳句が尽きた後でも研究して損は行かぬ。況《ま》して未だ尽きざる今日、気を丈夫に持つたが善い。

と発言するに止まっている。もっとも、この時期、子規の関心が、俳句から短歌(和歌)へと移っていったことも、俳句への発言が少ないことの原因となっていたであろうことは十分に考えられる。

　そこで、右の言葉である。子規は「まじめ」を否定しているわけではない。一二月一〇日発行の連載第三回では、日本画家に対して「線一本でも空想を交へない」ところの「まじめな写生」を慫慂《しょうよう》しており、「まじめな写生は日本画師の想像するやうな無味な無価値な者では無い」と断言している。子規が嫌ったのは、「まじめ」であることではなく「まじめくさつて」いることだったのである。一種の権威主義的態度の否定であろう。

60 相応の仕事をする

世の中に生れて人にすぐれた材能《さいのう》を持つて其《それ》相応の仕事をする、それには貧乏といふ困難に打ち勝ち、名利といふ悪魔に抵抗し、肉体の快楽は殆《ほとん》ど其《その》仕事の犠牲に供してしまふて一生懸命でやつて居る、それでも世の中の人はくだらない奴の仕事に向つて過分の報酬を払ふて居る癖に、其えらい人の仕事に向つて相当の報酬を払ふてくれぬ許《ばか》りでは無く、只《ただ》一言「善く出来た」ともいふてくれぬならば、側《そば》で見て居ても随分いまく〳〵しい位だから、当人に取つては嘸《さぞ》かし腹の立つ事であらう。

「俳人太祇」

*

子規が編集した『太祇全集』(明治三三年二月、ほとゝぎす発行所)の巻末に付されている、獺祭《だつさい》書屋《しょおく》主人《しゅじん》名での「俳人太祇」の冒頭部分である。炭太祇《たんたいぎ》は、宝永六年(一七〇九)生まれの俳人。享保元年(一七一六)生まれの与《よ》謝《さ》蕪《ぶ》村《そん》と、京を拠点として親交を重ねた。例えば、こんな句を作っている。

　　ふらこゝの会釈《えしやく》こぼるゝや高みより

「ふらこゝ」は、ぶらんこ（鞦韆）のこと。ぶらんこに乗ったままでの会釈。実に近代的な作品である。が、子規の時代には、ほとんど埋没してしまっていた俳人であった。この時、蕪村を再評価した子規は、太祇の再評価にも乗出していたのである。その冒頭の一説であるが、まるでそれこそ「人生のことば」である。子規の人生観が如実に反映されていよう。

「材能」（才能）に恵まれた人が、悪環境をものともせずに、これと定めた仕事に孜々《しし》として取り組む――こんな生き方が子規好みの生き方なのである。が、そんな人に対しては、「善く出来た」との一言もなく、「くだらない奴の仕事に向つて過分の報酬を払ふて居る」――それが世の中というものなのだと言っている。一見、まるで太祇論とは無縁な書き出しであることにびっくりさせられる。が、子規の中で、照準はしっかりと太祇に絞られている。右に続けて、

　　美術家とか文学者とかいふ者であれば、左程それに失望せぬ。それは彼等は、其《その》製作物を後世に残して最終の審判を乞ふ事が出来るから、あながち現世に於て虚名を争ひ虚利を射なくても善いのである。そこで彼等は心の中でひどく威張《いば》つて居る。

と記す。さすが子規、見事な筆の運びである。

61 馬鹿といはるゝ覚期

世の中をうまくわたるといふ人あれども、うまくわたる人ハいつでもしまひに失敗するかと存候。小生ハどこ迄《まで》も正直にやるつもりにて、馬鹿といはるゝ覚期《（悟）》に御座候。はじめから苦辛するつもりでやればいつまでも苦辛に堪《た》へ得《え》らるゝものなれども、うまくやるつもりでやりそこなつたら、多くハ頓挫致候かと存候。小生抔《など》ハ不幸ばかりうちつゞき候故《ゆえ》、今でハあきらめ居《おり》候。此上まだありとあらゆる不幸ハ小生の一身にかゝつてくるものと常ニ覚期致候。足ハ二本とも立てぬやうになるべしと存候。月給をもらへぬやうになる時もあるべしと存候。（中略）併《しか》シどこ迄も艱難《かんなん》に負けぬつもりに有之《これあり》候。

明治三一年四月八日付佐藤紅緑宛子規書簡

*

明治三一年（一八九八）、子規は、三二歳。名宛人の紅緑は、二五歳。この時、富山日報社に勤務。紅緑は、「はじめに」でも紹介した明治三五年（一九〇二）一二月発行の「子規追悼集」

(「ホト、ギス」第六巻第四号)に寄稿の「子規翁」の中で、この書簡を全文紹介し、「此の手紙は余《よ》がバイブルである、御経である、論語である、坐右の銘である、余が欠点、病処を救ふの道を教えたのは、実に此の書である」と満腔よりの感謝の思いを表明している。ややもすれば「軽挙」に走りがちな紅緑を、自《みずか》らの生き方を吐露することによって諫《いさ》めたものであろう。

子規の親友夏目漱石は、「子規は人間として、又文学者として、最も「拙《せつ》」の欠乏した男であつた」(「子規の画」)と述べていたが、親友漱石にしてからが、子規の「拙」の部分を見抜くことはできなかったようである(子規が敢えて見せなかったのかもしれないが)。右の子規の生き方は、まさに「拙」そのものであろう。「世の中をうまくわたる」ことを真向《まつこう》から拒絶しているのである。

それにしても、子規の覚悟は、なんとも痛ましい。最悪の事態を予測しつつ日々を送っていたのである。しかし「どこ迄も艱難に負けぬつもり」だという。この気概が紅緑を感奮させたのであろう。言ってみれば、子規の生き方は、どこまでも正攻法によるそれである。紅緑は「翁は無邪気な人を愛する。謙遜な人を愛する。研究的に学んで行く人を愛する。口よりも手の人を愛する」とも言っている。こんな態度は、大いに学ぶべきものであろう。

親

子規母堂八重像（『アラレ』第六巻第一号、明治四二年一月刊）

家族、故郷を思う

身内の老幼男女打ちつどひて

鯛《たい》鮓《ずし》や一門三十五六人　（明25）

草庵

薪《まき》をわるいもうと一人冬籠　（明26）

寒さうに母の寐給ふ蒲団哉　（明26）

松山

故《ふる》郷《さと》はいとこの多し桃の花　（明28）

家君の二十五回忌にあひて

手《た》向《む》くるや余《よ》寒《かん》の豆腐初桜　（明29）

行く年を母すこやかに我病めり　（明29）

62 故郷こそ恋しけれ

世に故郷《ふるさと》程こひしきはあらじ。花にも、月にも、喜びにも、悲みにも、先《ま》づ思ひ出《い》でらるゝは故郷なり。故郷は学問を窮《きわ》め、見聞を広くするの地にあらず。されども故郷には帰りたし。故郷は事業を起し、富貴を得るの地にあらず。されども故郷には住みたし。両親姉妹あるが為めに故郷に帰りたしと思ふもあらん。我は親はらからとも今は故郷にはあらねど、猶《なお》故郷こそ恋しけれ。都にありて世を厭《いと》ふが為めに故郷に住みたしと思ふもあらん。我はさまでに世を厭ふふしもなくて、猶《なお》故郷こそこひしけれ。思へば十余年の昔、はやり気《ぎ》〔血気にかられる心〕のおさえ難くて、単身故郷を出で行かんとこそは勇みしが、いざ首途《かどで》といふに一点の熱涙は覚えず頰のあたりに流れ来るを、見送りの人に見せじと顔そむけたる時の苦しさ、何やら胸につかへたる心地なりき。母親の乳房と故郷の土とは、はなれうきものなめり。

「故郷」

*

随筆「故郷」が「日本新聞」に発表されたのは、明治二八年(一八九五)一〇月六日のこと。この年、八月二五日、故郷松山に帰り、一〇月一九日まで過ごしている(前出29、後出68参照)。子規、最後の帰郷である。後年、詩人室生《むろう》犀星《さいせい》は「ふるさとは遠きにありて思ふもの　そして悲しくうたふもの」と詠んだが、子規の故郷への思いは、犀星のようには屈折していない。「都」のよさを十分に認識しつつも、なお故郷への強い思いが、素直に語られている。

子規が東京へ出たのは、明治一六年(一八八三)六月一四日のこと。叔父の加《か》藤《とう》拓川《たくせん》(後出65参照)より上京許可の手紙が届いたのは、六月二日。その時の感激を、後年(明治二一年)、「余は、生れてよりうれしきことにあひ、思はずにこ〳〵とゑみて、平気でゐられざりしこと三度あり」と記し(『筆まかせ』第一編、「半生の喜悲」の項)、うれしかったこと三度の中の一つとして数えている。が、その子規が、「いざ首途といふに一点の熱涙は覚えず頰のあたりに流れ来るを、見送りの人に見せじと顔そむけたる時の苦しさ、何やら胸につかへたる心地なりき」と記しているのである。子規の望郷への強い思いを窺《うかが》うことができるであろう。「故郷」の中には、

少《わか》き時より小説本を借りてなじみになりし本屋は、昔の様《さま》ながら、見なれぬ丁稚《でっち》は我を十年前の華《か》客《かく》とも知らでよそ〳〵しくもてなしたるも本意なく覚ゆ。

との一節もある。「華客」は、お得意様のこと。いかにも本好き子規らしい描写である。

63 人を是非せしことなき人

わが父にておはせし人の、いつか秋山静氏をそしりて、実に人のわるき人なりといひ給ひしに、観山《かんざん》翁は「隼太《はやた》さん（父上の俗称）の様に平生、人を是非せしことなき人がいふ位故《ゆえ》、非常にわるきものならん」といひ給ひしとか。若《も》し翁の語をして真ならしめば、父にておはせし人は、余り人のことをかれこれと評論し給はざりしかたと見ゆ。わが母にておはす人も極めて沈黙にて、他人を評論するなどは成るべく避け給ふ方也。然らバ、われの好んで他人を褒貶《ほうへん》するは、果して誰の遺伝なるべきか。

『筆まかせ』

＊

子規は、上京した翌年、明治一七年（一八八四）二月より、自伝的な回想、日常雑記、世相批評、文学論、交遊録等々を『筆まかせ』と題して自由に綴りはじめ、明治二五年（一八九二）九月にまで及んでいる。未発表の稿本。右の一文は、明治二三年（一八九〇）執筆の『筆まかせ』第二編中の「褒貶」と題する文章の全文である。

注目すべきは、子規が父母の人となりの一端を語っていること。特に父については、ほとんど語ることのない子規であるだけに貴重である。子規の父正岡隼太《はやた》常尚《つねなお》は、天保四年(一八三三)の生まれ。明治五年(一八七二)没。享年、四〇。時に子規は、六歳。父隼太が謗《そし》ったという「秋山静」なる人物については、不詳。「観山翁」は、子規の母八重の父大原有恒《おおはらありつね》のこと。観山と号した。松山藩士。漢学者。子規にとっては、外祖父ということになる。文政元年(一八一八)生まれ、明治八年(一八七五)没。享年、五八。子規は、幼い日、観山より素読を学ぶ。その、子規が敬愛していた観山が、父隼太を評して「平生、人を是非せしことなき人」と言った、というエピソードを紹介している。子規は、父に対するこの評価が嬉しかったので、はっきりと記憶していたものであろう。早くに死別した父ではあるが、それゆえに父恋いの情は、強かったと思われる。母、また、「人を是非せしことなき人」。そこで、二四歳の子規は、自《みずか》らを省みて、反省しきり、ということであったのであろう。

父に関してもう一つの興味深い発言がある。子規が「肺病」(結核)との診断を受けたのは、明治二二年(一八八九)五月一〇日のこと。翌一一日、大原恒徳に書簡で「小家、父上抔《など》に肺病之《の》すじ有之《これあり》候哉《や》」と尋ねているのである。

64 いもうとのやつ

いもうとのやつにたにざく買ひにやり候処、不風流極《きわま》るものを買ひ来り、それもよけれど、品のわるきこと夥《おびただ》しく、これならば御地にもあるべけれど、御手習の料にもと御送申上候。御さげすみ被成《なされ》ぬ様、奉願《ねがいたてまつり》候。もつとも、当地のものハ、京都のやうなものとハ違ひ候かと存候。それにしても近日、ある人が持参のものなどは可《か》なりによろしく候を思へバ、畢竟《ひつきよう》、下谷《したや》に短冊なきものと存候。下谷にたにざく買ふの愚なることを只今知り申候。呵々。

明治三〇年四月二日付夏目漱石宛子規書簡

*

熊本の第五高等学校教授時代の漱石に宛てた手紙の中の言葉は、先の4でも紹介したが、右の言葉にも別種の面白さがある。この時、子規と漱石は、ともに三一歳。子規の妹律《りつ》は、二八歳である。地方都市住まいの漱石が、子規に「たにざく」すなわち「短冊」を依頼したものであろう。そこで、妹の律に買いにやらせたのであるが、買ってきた「たにざく」が、大変な代《しろ》物《もの》であって、漱石に詫びの手紙を認《したた》めたというわけである。

妹律に対する子規の厳しい態度は先の5にも見たが、例えば、随筆的日記『仰臥漫録』の明治三四年(一九〇一)九月二〇日の条の「病人ノ命ズルコトハ何ニテモスレドモ、婉曲ニ諷シタルコトナドハ少シモ分ラズ」の文言を通しても窺《うかが》うことができる。右の手紙でも、購入してきた「たにざく」に対して、「不風流極るものを買ひ来り、それもよけれど、品のわるきこと夥しく」と、散々な評しようである。まるで律の美的センスを疑っているかのような書きぶり。

ところで「たにざく」であるが、仲田《なかだ》定之《さだの》助《すけ》『明治商売往来』(青蛙房)の「和紙の店」の項に、「わたしの一番印象に残っているのは日本橋通一丁目、西川蒲団店と貸席常磐木《ときわぎ》倶楽部《くらぶ》との間に挟まって店を構えていた寿、榛原《はいばら》だった。(中略)団扇、扇子、色紙、短冊、襖紙、障子紙、画仙紙、奉書などの紙製品を取扱っていた江戸時代からの老舗で、いつも店頭市《いち》をなすように客が集まっていた」と記されているのが参考になる。明治三四年(一九〇一)刊の俳文集『寒玉集《かんぎょくしゅう》』第二篇中の虚子の俳文「百八の鐘」の中にも「榛原」が登場するので、俳人たちはしばしばここ「榛原」で短冊を求めたのであろう。律は、下谷の短冊屋で済ませてしまったのである。子規が苦笑しているので、子規の指示だったか。

65 母様も律も大喜ビ

今年ハ金融逼迫《ひっぱく》トカ申スコト何処《どこ》迄《まで》モヒヾイタト見エ、友人ナドモ今年程困ツタコトハ無イト申《もうし》、弱リ居《おり》候処ニ、小家ハ加藤ノお蔭デ薬価（此《この》頃ノ薬価ハ一ケ月十円位）ヲ払尽シタルノミナラズ、坐敷ノ畳ガヘ迄致シ候。畳ハ此《この》家建テ、ヨリ直サヌ者ナレバ、表ヨゴレ、ヘリ切レ、母様常ニ気ニナサレ候ヘドモ、畳ナド更《か》ヘテハ申訳ナシトコラエ居《おり》候内、先日、忠叔父様御《お》出《いで》被下《くだされ》候節《おり》、畳ヲカヘヨトノ仰《おおせ》アリ、早速カヘ申候。母様も律も大喜ビニ御座候。

明治三一年一月一日付大原恒徳宛子規書簡

＊

新年に当たっての松山住の叔父大原恒徳《おおはらつねのり》への近況報告である。書簡中の「加藤」「忠叔父」は、加藤恒忠《かとうつねただ》のこと。号、拓川《たくせん》。恒徳は大原観山（前出63参照）の次男（長男小太郎は、早世）、恒忠は、三男である。明治三一年（一八九八）当時、恒忠は四〇歳。外務省書記官兼外務大臣秘書官（『拓川集』所収「加藤恒忠略年譜」による）。

この拓川によって子規一家の家計が支えられていることが窺《うかが》える内容である。冒頭の「金融逼迫」は、前年の報告であろう。明治三〇年(一八九七)三月二六日に貨幣法が成立し、五月一三日より金貨本位制が実施されている(『明治大年表』吉川弘文館、参照)。その影響によるか。書簡末尾には、「当地物価高キコト驚クベク候。湯代二銭、豆腐一挺一銭二厘、殆《ほと》ンド四、五年前ノ倍位ニ相成候」と記している。ちなみに『値段史年表 明治 大正 昭和』(朝日新聞社)を繙《ひもと》くと、「湯代」(入浴料)は、明治二〇年(一八八七)一銭三厘であったものが、明治二九年(一八九六)二銭となっている。子規の日本新聞社よりの給料は、明治三一年初より四〇円となっているが、この書簡執筆時には、まだ三〇円であろう。そんな中での一カ月の「薬価」が一〇円というのは大変な出費である。明治二七年(一八九四)二月一日よりの住居である下谷区上根岸町八二番地の子規庵の畳替えなど、とても無理な話だったのである。それらも、拓川の配慮によって解決したと報じている。拓川は頼りになる叔父であった。

この書簡当時、拓川は一日だけの予定で帰省したようである。子規は「出シ抜ケニ元日ノお礼ニ行クト被仰《おおせられ》候が、如何アリシヤ。サゾ御驚喜之《きょうきの》事ナラント御噂仕《つかまつり》居《おり》候」と記している。和気靄々とした親戚間の交流が窺われる。

66 執筆自由ナラズ

新聞ノ方怠リがちにて甚《はなは》ダ不都合ト存候へドモ、坐ルコト叶《かな》ハネバ執筆自由ナラズ、此事バカリ閉口仕《つかまつり》候。此頃ハ律ガ多少仕慣《しな》レテ、発句書クコトダケ手伝ハセ候。其故《そのゆえ》、毎日ノ発句欄ダケハ出来申候。

明治三二年七月一七日付大原恒徳宛子規書簡

*

これも大原恒徳に宛てての近況報告中の言葉。明治三二年（一八九九）当時、病状は、比較的安定していたようである。同年七月三日付で、二歳年長の同郷の友人竹村鍜《たけむらきとう》（号、黄塔《こうとう》）に宛てて認《したた》めた手紙の中に、「小生は食慾日に進み、毎日大食致居《いたしおり》候」と見えるからである。が、この書簡でも「坐ルコト叶ハネバ執筆自由ナラズ」と記している。短歌革新へと乗り出した子規にとって、「坐ルコト」がかなわず、自由に執筆ができない状況は、苦痛以外の何物でもなかったであろう。そこで、妹の律が手助けをしていたようである。そのために「日本新聞」の「発句欄」が間断なく続いていると報告している。後年、随筆的日記『仰臥漫録』の明

治三四年(一九〇一)九月二一日の条に、

若《も》シ余《よ》ガ病後、彼〔律〕ナカリセバ、余ハ今頃如何ニシテアルベキカ。看護婦ヲ長ク雇フガ如キハ我能《よ》ク為《な》ス所ニ非ズ。ヨシ雇ヒ得タリトモ律ニ勝ル所ノ看護婦、即チ律ガ為《な》スダケノ事ヲ為《な》シ得ル看護婦アルベキニ非ズ。律ハ看護婦デアルト同時ニオ三ドンナリ。オ三ドンデアルト同時ニ一家ノ整理役ナリ。一家ノ整理役デアルト同時ニ余ノ秘書ナリ。書籍ノ出納、原稿ノ浄書モ不完全ナガラ為シ居ルナリ。(傍点、筆者)

と、感謝の思いを述べている。律が秘書役として、子規の原稿の浄書の手伝いをはじめたのが、明治三二年(一八九九)ごろからだったということが窺《うかが》える貴重な書簡である。

律への評価の揺れは、ひとえに子規の病状とのかかわりからきているのであろう。もちろん、肉親としての甘えもあろうが。秘書役は、律のみならず、門弟たちも分担していたようである。同年七月二六日付河東碧梧桐宛の子規の左の葉書から、そのことが窺える。

ゲンカウカキニクルニオヨバヌ。ネツハアルガカゼヒキノタメ。

ネギシ　マサヲカ

碧梧桐に原稿浄書(口述筆記か)を依頼していたのであろう。

67　父親なしに

近来、私より虚子、其他《その》ニ対して頻《しきり》ニ義務（無論、俗世界ノ方面）の怠慢を責め候事有之《これあり》候処へ、今夜却《かえっ》て家内（家族、この時は母）の者ニ気付《きづけ》られ候ニ付、甚《はなは》だ大打撃を被《こうむ》りたるやう感じ申候。尤《もっとも》私の我儘《わがまま》にして横着な言葉を使ひ候抔《など》ハ昔よりにて、曾《かつ》て同宿せし友ハ皆承知致居《いたしおり》候。それハ父親なしに育ち候故《ゆえ》ならんと申者も有之、其後ハ多少謹《つつし》むつもりなれど、実際ハ無効と相見え、今ニ至つて依然旧態を存居《ぞんしおり》候事、慙愧《ざんき》ニ堪《た》へず候。

明治三二年九月二二日付内藤鳴雪宛子規書簡

*

明治三二年（一八九九）九月二二日の夜の子規庵での『蕪村句集』輪講の折、蕪村句〈帰る雁《かり》田ごとの月の曇る夜に〉をめぐって内藤鳴雪《ないとうめいせつ》と子規、虚子、碧梧桐との間に大激論が交わされた。散会後、子規は母から、「外《ほか》の人ならまだしもの事、内藤先生へあつかむやうな言葉（うるさがるような言葉、叱り付けるような言葉）甚だよろしからず」と注意された。その無礼を詫びたのが、右の書簡。その「追伸」部に書かれている文言である。そこで、日ごろの仲間に対する

「義務の怠慢を責め」る自《みずか》らの言動が、ふと気になって、認《したた》めたものであろう。反省しつつも、なかなか改善し得ないことを恥じ入っているのである。子規の「我儘」で「横着」（ふてぶてしい）な言葉遣いに対して「父親なしに育ち候故ならん」と評する人がいる、と明かしている。

父正岡常尚《まさおかつねなお》は、明治五年（一八七二）、子規が六歳の時に没している。享年四〇歳。子規の、父に対する評価は、決して高くない。『筆まかせ』第一編の「父」の項に、「父は武術にもたけ給はず。さりとて学問とてもし給はざりし如く見ゆ」と評している。が先の63にも見たとおり、父恋いの情は、人一倍強かったように見受けられる。明治二九年（一八九六）に「日本人」第二五号に発表した新体詩「父の墓」においては、

　父上許したまひてよ。
　われは不孝の子なりけり。

の詩章を四連中、二度にわたって繰り返しているし、前年、明治二八年の盂蘭盆会《うらぼんえ》には、

　　病中
　病んで父を思ふ心や魂祭《たままつり》

の一句を手向《たむ》けていたのである。子規の日ごろの言動に対する「父親なしに育ち候故ならん」との言葉は、子規の胸に突き刺さったことであろう。

68 ゆっくりと松山にて

御手紙拝見仕候。御安着之由《よし》、目出度《めでたく》存候。その後、病気追〻よろしく時〻は窓《マド》ニつかまりて庭をながめなどいたし居《おり》候。食物《たべもの》ハ何でもくへるやうに相成候。乍憚《はばかりながら》、御放慮被下《くだされ》度《たく》候。律の手紙ニよれバ婆一人置きて根岸に居り候由、かた〱安心ニつきゆつくりと松山にて御遊び遊バさるべく候。一日づゝハ親類へも御出《おいで》あるべし、一日ハ道後へも御出《おで》かけ被遊《あそばされ》、落ちつきて御逗留《ごとうりゆう》奉　願　上《ねがひあげたてまつり》候。

明治二八年七月三日付正岡八重宛子規書簡

*

子規の、母八重《やえ》宛書簡。八重は、弘化《こうか》二年(一八四五)六月六日に生まれ、昭和二年(一九二七)五月一二日に没している。享年八三。前にも述べたように、大原観山の長女。幼い日の子規も観山のもとで漢学を学んでいる。

子規は、日清戦争従軍記者としての任務の帰途、容態が悪化、帰国するとそのまま神戸病院に入院することとなったことは先にも述べた。明治二八年(一八九五)五月二三日のこと。八重は、六月四日の朝に、河東碧梧桐とともに神戸病院に駆け付けている。そして六月二七日まで看護に当たっていた。体調の回復してきた子規は、翌二八日、母を松山へと旅立たせた。その後、八重から無事、松山に着いたとの手紙が届いたのであろう。右書簡は、それへの返簡である。「病気追〻よろしく時〻は窓ニつかまりて庭をながめなどいたし居候。食物ハ何でもくへるやうに相成候」と記し、母を安心させている。

　ただし、神戸病院を退院し、須磨保養院に転院したのは、七月二三日。そして体調がすっかり整い、この須磨保養院をも退院したのは、八月二〇日のこと。その後、子規は、八月二五日に松山着、二七日から一〇月一六日まで、五十日余を漱石の下宿愚陀仏庵《ぐだぶつあん》で過ごしたのであった。妹の律からの手紙によれば、八重の留守中、上根岸の寓居には手伝いの「婆」を雇ったようである。それゆえ、久しぶりに故郷に帰った母に、ゆっくりと過ごすようにと奨《すす》めている。子規の細やかな配慮が窺《うかが》える。一両日は、親戚回りをされてはいかがですか、一日は道後温泉にお出でになられてはいかがですか、といろいろと気配りをしている。子規門の、子規より二〇歳年長の内藤鳴雪は、子規の人物像の一面を、「非常に小心にして細かく気が附いて、些《いささ》かの事にも神経を煩はすと云ふ風があ」ったと伝えている（『鳴雪俳話』博文館）。そんな子規が髣《ほう》髴《ふつ》とする書簡である。

進

未發表の秘寶
愈々公刊さる

驚嘆すべき俳聖子規の偉業

原稿紙數無慮壹萬參千八百六拾枚、細別せられたる句數實に拾貳萬參千句。原稿を堆積して等身を抜くこと更に數尺。此れ俳聖子規が半生の心血を濺いで成した『分類俳句全集』の全部である。眞に古今を絶する大俳句集、精細を極むる大俳句辭典。吾人はこの超人間的の偉業に只驚嘆するのみである

「分類俳句全集」の原稿

アルス版『分類俳句全集』パンフレット（部分）

ひたむきに、道を

行く年の我いまだ老いず書《しょ》を読《よま》ん　（明29）

虫鳴や俳句分類の進む夜《よ》半《わ》　（明30）

芭蕉忌や吾に派もなく伝もなし　（明31）

胃痛

柿もくはで随問随答を草しけり　（明32）

竹冷先生に病床を訪はれて一句を紀念とす

俳を談ず秋《しゅう》海《かい》棠《どう》の夕《ゆうべ》哉《かな》　（明34）

朝《あさ》皃《がお》や我に写生の心あり　（明35）

69　志ヲ立ツルコト徒ラニ遠大ナリ

自《みずか》ラ務メズシテ、而《しか》シテ天吾ニ閒《ひま》ヲ借サズト謂フ者ハ懶《らん》ナリ。自ラ薦《すす》メズシテ、而シテ人吾ヲ用ヰズト謂フ者ハ傲《ごう》ナリ。懶ナル者ハ事ヲ遂グル能《あた》ハズ、傲ナル者ハ身ヲ立ツル能ハズ。是《こ》レ天ノ罪人《つみびと》ニシテ世ノ贅物《ぜいぶつ》ナリ。僕、才能学問無シ、又財資、地位無シ。而シテ志ヲ立ツルコト徒《いたず》ラニ遠大ナリ。乃《すなわ》チ草莽《そうもう》〔くさむら、在野〕ニ伏シ、肝胆《かんたん》ヲ嘗《な》メ、機ヲ覗《うかが》ヒ、勢ヲ待ツヤ久シ。苟《いやしく》モ機ノ以テ利スベキアレバ之《これ》ヲ利シ、勢ノ以テ乗ズベキアレバ之ニ乗ゼント欲スル者ナリ。

明治二八年二月二五日付河東碧梧桐・高浜虚子宛子規書簡

＊

子規が、明治二八年〔一八九五〕四月一〇日、日清戦争従軍記者として、広島宇品《うじな》港を出発したことは、先の42で述べた。右の言葉は、従軍に当たっての決意を記した書簡中に見えるものである。東京で河東碧梧桐・高浜虚子の二人に直接手渡したもの。子規は、その書簡の末尾を、

僕若《も》シ志ヲ果サズシテ斃《たお》レンカ、僕ノ志ヲ遂《と》ゲ、僕ノ業ヲ成ス者ハ、足下〔君たち〕ヲ舎《お》テ

他ニ之《これ》ヲ求ムベカラズ。

と結んでいる。万一、戦地で斃れるようなことがあったなら、自分の志を碧梧桐・虚子の二人が為《な》し遂げてほしい、と言っているのである。従軍の喜びの中にいた子規ではあったが、死を覚悟しての従軍でもあったのである。その志とは――子規は、書簡中の別の箇所で「僕ノ志ス所文学ニ在リ」と明言している。

そして自《みずか》らを右の言葉によって鼓舞しているのである。まず、努力。努力しないで暇がない、暇がないなどという人間は「懶《らん》」、すなわち懶《なま》け者だと言っている。次に積極性。積極性がなくて、人が認めてくれない、認めてくれない、などという人間は「傲《ごう》」、すなわち傲慢だとも言っている。そんなことを言う人間は、とても志を遂げることなどできないというのである。聞くべき子規の人生論であろう。子規は、そんな人間を「天ノ罪人ニシテ世ノ贅物ナリ」とまで言っている。自分は才能、学問もなく、財力、地位もないが、大きな志だけは持っているので、努力に努力を重ね、「臥薪嘗胆《がしんしょうたん》」、機会がやってくるのをじっと待っているのだ、と二人に言い聞かせているのである。

70　四季の名目などに拘るべきに非ず

余は「春夏秋冬」を編むに当り、四季の題を四季に分つに困難せり。そは陽暦を用ゐる地方（又は家）と陰暦を用ゐる地方（又は家）と両様ありて、それがために季の相違を来《きた》す事多ければなり。（中略）東京は全く新暦を用ゐ居《お》れど、地方にては全く旧暦に従ひ居《お》るもあり。又は半ば新暦を用ゐ半ば旧暦を用ゐ居《お》るもあり。此《この》際に当りて東京に従はんか、地方に従はんかは新旧暦いづれが全国の大部分を占め居《お》るかを研究しての後ならざるべからず。余は此《この》事に就《つ》きて未《いま》だ研究する所あらざれども、恐らくは「新年」の行事ばかりは新暦を用ゐる者、全国中其《その》過半に居《お》るべしと信じ、之《これ》を冬の部に附けたり。其《その》他は旧歳時記の定むる所に従へり。但《ただし》、こは類別上の便宜をいふ者なれば、実地の作句は其《その》時の情況によりて作るべく、四季の名目などに拘《こだわ》るべきに非《あら》ず。

『墨汁一滴』

*

『墨汁一滴《ぼくじゅういつてき》』の明治三四年（一九〇一）五月二五日の記述。『春夏秋冬』は、この年から明治三六年（一九〇三）にわたって「ほとゝぎす発行所」より出版された新俳句の秀句選《アンソロジー》。「冬之部」のみ子規没後の刊ということになるが、右の文章によれば、子規が全巻の編集作業にかかわっていたことが明らかとなる。

日本が太陽暦を採用したのは、太陰暦明治五年（一八七二）一二月三日のこと。この日を太陽暦の明治六年（一八七三）一月一日とした。以後、歳時記に混乱が生じ、今日に至っている。子規は歳時記を残していないが（虚子、碧梧桐等門人によって明治三六年二月、『袖珍俳句季寄せ』が編まれている）、『春夏秋冬』が季節別、季語（季題）別の編纂方法を採っているので、右の文章のごとき問題が生じているのである。

中略とした部分には、具体例が示されている。例えば「七夕」であり、「盂蘭盆会」である。二つとも、太陽暦では当然、夏の行事であるが、今日の歳時記類の大部分は、なお秋の部に入れているし、一般的にも「盂蘭盆会」は、月遅れの八月に営まれている地方（家）が多いといった具合に、なかなかスッキリとはいかない問題を孕《はら》んでいる。子規も大いに気になったのであろう。が、実作においてはケースバイケースであり、季語と季節との関係にあまりこだわるなとの、実利的態度を示している。

71 やりかけたらほうっておけぬ

こゝに一つ御報道申度《もうしたき》儀あり。そは古白《こはく》遺稿、略〻《ほぼ》編集し終りたりといふことなり。昨年来、小生の心頭にかゝりて雲の如くくもりしものは、今や全く晴れぬ。数日前より俳句の選択にかゝり候処、一日半にてそれはすみ、伝をものせんと存じて取りかゝり候処、意外の苦辛にてこれにも一日半余を費したり(原稿紙二十八枚)。やりかけたらほうっておけぬ小生の性質故《ゆえ》、今夜、伝を書きあげて快に堪《た》へず。尤《もっと》も此二、三日来多少発熱あり。殊《こと》に今夜は八度六分迄《まで》上り居候へども、責任をはたさんとする心熱は、体熱に打勝ちて重荷の下りたるやうに覚え候。

明治三〇年三月一日付高浜虚子宛子規書簡

*

『古白遺稿』は、子規によって明治三〇年(一八九七)五月二八日に出版された、子規の従弟《いとこ》藤《ふじ》野《の》古《こ》白《はく》の遺稿集。子規より四歳年少の古白は、明治二八年(一八九五)四月、ピストル自殺を遂げている。古白自身は、自殺の原因を「人生にインテレストの無くなりしこそ予が自殺の何よりの原由《げんゆ》」(「自殺之弁」)と伝えている。享年二五。『古白遺稿』の中には、子規による「藤野潔の伝」(潔《きよむ》は、古白の本名)を収めているが、その執筆に意外に苦心したというのである。気心のよく知れている虚子に宛てた手紙だけに、苦心談が素直に吐露されていて興味深い内容となっている。

子規は、たった三六年間の生涯の中で厖大《ぼうだい》な著作を残している。その秘密が、子規自身によってここに明かされている。それは、どうやら「やりかけたらほうっておけぬ」子規の「性質」にあったようなのである。もっと簡単に言ってしまうならば、大変な努力家であったということ。「藤野潔の伝」の執筆も含めての『古白遺稿』の最終段階の作業も、三八度六分の高熱の中で進められたというのであるから驚かされる。中途半端なところでしばらくの間でも投げ出して放っておく、ということができない「性質」だったということなのである。そのかわり、やり遂げた時の喜びも大きなものであった、ということなのであろう。

「責任をはたさんとする心熱は、体熱に打勝ちて重荷の下りたるやうに覚え候」との言葉が、そのことを語っている。

72　時を嫌はず、処を択ばず

各自専門の学芸伎《(技)》術に熱心なる人は少くもあらねど、不折《ふせつ》君の画に於ける程熱心なるは少かるべし。いつ逢ふても、いつ迄《まで》語つても、苟《いやしく》も人に逢ひて之《これ》と語らば、終始画談をなして倦《う》まず、筆あらば直《ただち》に筆を取つて戯画を画《えが》き、或は説明のために種々の画をかく。時を嫌はず、処《ところ》を択《えら》ばず、宴会の席にても、衆人の中にても、人は酒を飲み、妓をひやかしつゝある際にても、不折君は独り画を画き、画を談ず。其《その》熱心、実に感ずるに余《あまり》ありといへども、若《も》し一般の人より見れば、余り熱心過ぎて却《かえつ》てうるさしと思はるゝ所多からん。

『墨汁一滴』

*

『墨汁一滴』の明治三四年（一九〇二）六月二八日の条。子規の中村不折《なかむらふせつ》好きが、ひしひしと伝わってくる。子規自身が大変な勉強家、努力家であったことは、先の71の言葉にも窺《うかが》われたところであるが、周知の事実であった。子規は、足利時代より江戸の文化・文政期に至る全一二

万三千余句の俳句を諸俳書を読破しつつ分類し、「俳句分類」なる仕事を独力で為《な》し遂《と》げた。門人の河東碧梧桐は、それに対して、

先《さ》きのみえている生命も、一日の労苦に耐へた疲労も、「俳句分類」の前には、一片の暗影をも投じ得なかつたのだ。人間を脅威する最強の魑魅《ちみ》魍魎《もうりよう》も、其《そ》の声を呑み、影を潜《ひそ》めたのだ。明るい、さうして尊い筆の運びが、いつの間にか等身大の大集冊となつたのだ。

との称讃の言葉を残している（アルス版『分類俳句全集』パンフレット）。そんな子規だからこそ、不折の画道一筋の姿勢に心惹《ひ》かれたのであろう。

不折は、日常生活においても、粗食に甘んじ、碁などにも興じず、酒も飲まず、人力車なども使わず、明けても暮れても画業に励んだということである。それゆえにめきめきと実力を付けていったのであろう。他の連中が酒を飲み、芸妓と戯れている宴会の席にあっても画談に夢中になる不折。変人といえば変人であるが、子規は、そんな不折が大好きだったのである。そして機会あるごとに不折を引き立てたのであった。

子規没後、不折は、往時のことを「子規は陰《かげ》になり日向《ひなた》になつて運動して呉《く》れ、其後も終始余《よ》の為《た》めに尽力してくれて、余の今日の地位を作つてくれた」（「子規追想」）と振り返っている。子規の存在なくして不折の大成はなかったであろう。

73　道のために尽す勇気

不折《ふせつ》氏の画室開きあり。弊廬よりは二丁にも足らぬ処（中根岸、根岸学校横町）故《ゆえ》、私も寒気を冒《おか》し湯婆《たんぽ》をかゝへて参り申候。住居、家、画室共立派に出来上り光彩を放ち居《おり》候。今迄《まで》不折氏の住みたる陋巷《ろうこう》の破屋《はおく》、僅に二畳か三畳かの一間を以て画室にも客室にも寝室にも当て居《い》たる、其《その》陋巷の破屋を知る人にして、今新築の画室を見し者は、必ずや多少の感を起し可申《もうすべく》候。況《ま》して六、七年来の交際に其《その》境遇を熟知し居《お》る私は、此《この》成功を見て覚えず涙を催し候。此《この》涙は、人間が道のために尽す勇気の神聖を感じたる涙にて、涙其《その》者も神聖なる者かと存候。

「消息」

*

この記述は、明治三二年（一八九九）一二月二六日、中村不折の画室開きの祝賀会に参加した時の感慨である（明治三三年一月一〇日発行「ホトヽギス」第三巻第四号所収）。子規が不折とはじめて対面したのは、明治二七年（一八九四）三月。肝胆相照《かんたんあいて》らした二人は、爾来《じらい》、親交を重ねることになつた。先にも触れたが、子規門の高浜虚子は、そのころの不折を、「弊衣を纏《まと》ひ粗食を食ひ、而《しか》して碁も打たず、酒も飲まず、車にも乗らず、朝にも画を書き、夕にも画を書き、立つても座つても画の事のみに熱中した」と描写している(明治三三年七月一〇日発行「ホト、ギス」第三巻第九号所収)。刻苦勉励、ひたすら画に精進した不折だったのである。

そんな不折が、自力で家を建て、画室を作ったのである。それまでの住居は、「僅に二畳か三畳かの一間を以て画室にも客室にも寝室にも当て居た」といった状態だった。それが、艱難《かんなん》辛苦《しんく》の末に画室を備えた家を建てたのであるから、親友の子規としては、心底嬉しかったであろう。子規は、その喜びを右では「六、七年来の交際に其境遇を熟知し居る私は、此成功を見て覚えず涙を催し候」と記している。友の成功を諸手《もろて》を挙げて祝福しているのである。そして、その流れ出る感涙を「此涙は、人間が道のために尽す勇気の神聖を感じたる涙にて、涙其者も神聖なる者」と説明している。

子規は「人間が道のために尽す勇気」に感動しているのである。不折と子規の至純なる二つの魂の触れ合いから生じた涙である。ただし、子規は、これにつづけて「乍併《しかしながら》、不折氏の成功は勇気の上にありて技術の上にあらず。技術上の成功無くば、折角の画室も住家も藪医者の玄関と同じく、こけおどかしに終り可申《もうすべく》候。今後の責任の重き事は不折氏も固《もと》より承知の事と存候」と述べ、釘を刺すことを忘れてはいない。

74 今に見ろ

世人はおれを馬鹿にして、一文《いちもん》の値打も無いやうに言ふて居《い》るけれど、今に見ろ、最《も》う二、三十年も立つと、今威張《いば》つて居る奴は誰も彼も皆死んでしまふ、勿論おれも死んでしまふ、其《その》時こそ真の値打が分るのだ、などゝつぶやいて居る。そんな事を言ふて自ら慰めて居る心の中を察して見ると実にあはれなものである。誰だつて現世の栄華を欲しない者は無い。衣食住のゆたかなのは何よりも心持の善いもの、少くとも名誉だけでも現世で受けられるのは非常に愉快なのに違ひ無い。併《しか》しそれが到底望まれんので、空しく死後の事を頼みにするやうにもなるのであらうから、さういふ人には死後の名誉を、惜まず与へて其《その》無念を晴らしてやらねばなるまい。

「俳人太祇」

*

「俳人太祇」論(前出60参照)の中で、炭太祇《たんたいぎ》の心中を忖度《そんたく》しての子規の記述。子規は、太祇の資質を高く評価し、「蕪村を除けば、天下敵無しである」とまで言っている。そんな太祇であるが、世間では「太祇といふ俳人が、何時《いつ》出て、何処《どこ》に居て、どんな句を作つたかは殆《ほとん》ど知つて居《い》る者が無いといふ有様である」と説いている。子規の言う通りであろう。

が、芸術家や文学者の幸せは、作品をこの世に残して死んでいくというところにある。いつか、誰かが評価してくれる可能性があるのである。まさに「見ぬ世の友」である。太祇の場合、子規が、その役を買って出ようというわけである。「貧乏といふ困難に打ち勝ち、名利といふ悪魔に抵抗し、肉体の快楽は殆《ほとん》ど其《その》仕事の犠牲に供してしまふて一生懸命でやつて居る」――太祇を語らんとして、このように綴る子規であるが、この記述から浮かび上がってくるのは、太祇もさることながら、子規自身の像でもあるのではなかろうか。

先の太祇の心中を忖度してのモノローグ(呟《つぶや》き)も、太祇の語りの中に、子規の感情が移入されているように思われる。「今に見ろ、最う二、三十年も立つと、今威張つて居る奴は誰も彼も皆死んでしまふ、(中略)其時こそ真の値打が分るのだ」との太祇の呟きは、子規の呟きでもあつただろう。貧苦の中で、病《やまい》と闘いつつ仕事を続ける子規の呟きである。この時、三三歳。

子規の「俳人太祇」を附録として収めるほとゝぎす発行所編纂の『太祇全集』は、太祇句を「新年」を巻頭に四季別、季題別に分類したもの。諸俳書を渉猟しての太祇句集として貴重。

75　目的に達するには

人間が一定の目的を立ておきながら、勉強せぬはおかしきこと也《なり》。もと其《その》目的が他人よりきめられしものなれば是非なけれど、苟《いやしく》も自分が好んで目的をこしらへたるは、其目的に達せんとの願ひあるが為なるべし、然らば其《その》願の叶《かな》はぬ時は、其本望にあらざるべし。而《しか》して其目的に達するには是非ともそれ相応の勉強なかるべからず。勉強せずに目的に達せんとするは、足なくしてあるき、舟なくして海を渡らんとするが如く、到来《(底)》、出来る話にあらず。

『筆まかせ』

*

『筆まかせ』第二編は、明治二三年(一八九〇)一月より三月中旬にかけて執筆されている。右は「下手の長談議」と題する随想中の冒頭である。子規は、執筆の動機を、

　余《よ》は、先日、身をあやまらんとせし後進に説諭したることあれば、其大意を下にかゝぐ(読者評していふ、いび草《(ママ)》が大へんだ)。

と記している。二四歳の子規は、あまりに大上段に構えたもの言いに、自《みずか》ら照れて「いび草〔言種、ものの言いよう〕が大へんだ」などと言っているが、かなり真剣に見解を吐露したものと見てよいであろう。なぜならば、生涯をかけて、右の主旨を実行したのが他ならぬ子規自身であったからである。右の文章中の別の箇所で、子規は、

学者にして往ゝ此《この》誤謬〔目的と方法を誤ること〕に陥ることあり、たとへば世界の大学者とならんと企てし者が、学校を卒業し、教師、又は官吏となりて、月給の五、六十円を取るに至りて、俄《にわか》に其《その》大目的を忘れ、小成に安んじて、安閑と気楽に遊んで日を送り、一生の間に終《つい》に何事をもしいださず、借金を残して妻子を苦めるなど、往ゝ皆然《しか》り。

とも語っている。この言葉、大学人を中心に、学問研究にかかわっている者は、拳々《けんけん》服膺《ふくよう》せねばなるまい。生活が保証された途端に、本来の「大目的」を忘れてしまうというのである。二四歳の子規に教えられる思いがする。

子規が、俳句革新の基礎の基礎、生涯の大事業「俳句分類」の事業に取り掛かったのが、前年明治二二年(一八八九)であった。

76　世界を大観し、心胸を闊くし

小生亦《また》貧家に生れ、殊《こと》に身体虚弱なるため、常に不自由勝《がち》に相くらし候へども、天運の廻《めぐ》り合せよく、左迄《さまで》難儀も致さず、人の金で学問して漸《ようや》く今日までこぎつけ申候。病体に付ても一時は自《みずか》ら神経をいため候へども、大患後は全く相あきらめ候様に相成候。世界を大観し、心胸《しんきょう》を闊《ひろ》くし、不屈不撓《ふくつふとう》の精神を以てどこまでも押着《おうちゃく》に世渡りすること肝要と存候。不遇の為に厭世的思想を起し、轗軻《かんか》の間に不幸を歎ずるは、悟らんとして未《いま》だ悟らざる者と存候。

明治二七年九月一〇日付石井露月宛子規書簡

＊

名宛人の石井《いしい》露月《ろげつ》は、河東碧梧桐、高浜虚子、佐藤紅緑とともに、いわゆる子規門四天王の一人。明治六年（一八七三）に生まれ、昭和三年（一九二八）没、享年五六。秋田の人。藤野古白を介して、就職の件で子規が露月と上根岸の子規庵ではじめて面晤《めんご》したのは、明治二七年（一八九四）四月一二日のこと。出会って間もない六歳年少の露月に対して、子規は、自《みずか》らの半生の境遇を語りながら、真剣に叱咤激励している。露月は子規の口利きで「小日本」に勤務することになったものの、病気、加えて金銭的にも不如意な状況にあったようである。それゆえの、かかる手紙である(のちに、子規の周旋によって露月が東山病院に職を得たことは、先の10、34にみた)。

この言葉は露月を叱咤激励するとともに、自らをも鼓舞するものでもあったであろう。「世界を大観し、心胸を闊くし、不屈不撓の精神を以てどこまでも押《(横)》着に世渡りすること」は、子規の生き方の目標でもあったであろう。子規が恐れていたのは、露月が「轗軻」(不運)、「不遇の為に厭世的思想」に憑《と》りつかれることであったのであろうが、これとても、子規とまったく無関係な事項とは言い切れないように思われる。子規は、露月に「俗界に立ちて己《おの》レノ素志ヲ貫」こうではないかと呼びかけている。

子規没後、露月は、「吾家の子規居士」(『俳星』明治三五年一一月九日発行号)なる文章の中で「子規君の此《この》書を灯下に披《ひら》き見たる夜、胸の中何故とは知らず掻きむしられるやうに覚え、独《ひとり》、黯然《あんぜん》として泣かんと欲した事がある」と述べて、亡き子規を偲んでいる。この手紙以降の子規の生涯は、まさしく自分の志を貫いた生涯といってよいであろう。

77　文学と討死の覚悟

小生持病は、少し快く先月三十一日、やう〳〵帰京致候処《ところ》、その後神経痛とか申ものにて足腰たゝず、今に臥褥致居《がじよくいたしおり》候。殊《こと》に数日来感冒の気味にて、熱発少シ、昨今は書見、写字も不叶《かなわず》不自由致候。此《この》夏は神戸か須磨にて御出会可出来《できるべく》やと小生も心待にまち居《おり》候ところ、行違ひて残念に存候。田舎稼ぎは御つらかるべくと察上《さつしあげ》候へども、貧乏人の病気したのも随分つらきものに御座候。忽《たちま》ちにして宿痾《しゆくあ》療治し尽すべき良法ありとも○《コレ》がなければ何にもなり不申候。小生はいよ〳〵やけなり。文学と討死の覚悟に御座候。

明治二八年一一月二四日付藤井紫影宛子規書簡

＊

名宛人の紫影《しえい》は、本名藤井《ふじい》乙男《おとお》（前出35参照）。子規と出会ったのは、明治二四年（一八九一）一〇月二五日の帝国大学文科大学の相模大山《おおやま》の遠足会において。それから四年が経過している。

明治二八年（一八九五）、松山から帰京した子規は、その不調を自ら「神経痛」と語っているが、これが翌明治二九年（一八九六）三月には、結核性脊髄炎（カリエス）と判明することになるのである。この書簡の時点ですでに大好きな「書見」や「写字」もできない状態にあったことを紫影に訴えている。

一方の紫影は、この時、福岡の地にあった。前年の一〇月二〇日、尋常中学脩猷館《しゅうゆうかん》の教諭となって赴任していたのである（「藤井乙男先生御著作年譜」、「國語國文」昭和二一年八月号所収参照）。そんな田舎暮しの紫影に、子規は大いに同情している。と同時に、自《みずか》らの予想もしなかった境遇にも困惑しきっている。それが「田舎稼ぎは御つらかるべくと察上候へども、貧乏人の病気したのも随分つらきものに御座候」との言葉となったものであろう。

この時の子規の日本新聞社社員としての月給が三〇円であったことは、すでに述べた。これにて母八重、妹律との親子三人の生活を営んだのである。たとえ病気に対する即効的治療方法があったとしても、「〇《コレ》」つまりお金はなく、それを選択治療し得るような経済状態ではなかったのである。「小生はいよ〳〵やけなり。文学と討死の覚悟に御座候」との言葉には、子規の悲壮沈痛な気持が滲《にじ》み出ており、まことに痛ましい。

78 無念の一念大魔王

小生、々《(生)》来無《む》やミに大きな計画ばかり致居候処《ところ》、今日に至り計画の十分の一もまだ出来上らぬに、はや浮世のはしに近づき申候。こればかりは日々念頭に残りて死ぬるも死ねきれぬ原因と相成居候。併《しか》して此《この》五尺の身体を百病の器となしたる上は恨むべき方もなし。只病苦少しにても間ある時、吾《わが》計画の万分の一なりともはかどらせんと心がけ居候ばかりに候。今にも小生此世を去りたらば、無念の一念大魔王と化し、世間幾多、多病の人を守護して事業を成さしむべし。

明治二九年七月八日付加藤雪腸宛子規書簡

＊

名宛人の加藤雪腸《かとうせっちょう》は、本名、孫平《まごへい》。子規門の俳人。明治八年(一八七五)、遠江《とおとうみ》国(静岡県)榛《はい》原《ばら》郡細江《ほそえ》村に生まれている。子規への入門は、明治二八年(一八九五)のこと。子規と対面したのは、明治三〇年(一八九七)のことであったから、この書簡は、その前に雪腸に認《したた》められたものである。

子規の言葉として伝えられているものに、「僕の仕事は凡て野心に根ざしてゐるのである。僕には量り知られぬ大きな野心がある。自分程の大野心を持つてゐるものは滅多にあるまいと思はれる程の大野心を持つてをる」(高浜虚子『柿二つ』)がある。これが子規言うところの「大野《だいや》心《しん》」である。その発言を裏付けるごとき内容。この年三月一七日には、すでに医師から結核性カリエスと診断されているのである。「浮世のはしに近づ」いている(死が近い)との自覚を持たざるを得なかったであろう。この書簡の冒頭部には、

小生病気ハ最早摂養とか何とか申す処《ところ》を通りぬけ居《おり》候故、此後《このあと》誰より病気之事抔《など》御聞被成《なされ》候とも、御見舞抔《など》に及び不申《もうさず》候。一日といへども病苦を忘れ候事あらば、無上の快楽なれども、それさへ期しがたく候。由来、行脚好《あんぎゃずき》の男なりしも、最早汽車にのることさへ無覚束位《おぼつかなきくらい》に相成候。不自由さ御憫察被下度《くだされたく》候。

と記されている。雪腸は、子規の病状を仄聞、しばしば見舞状を出していたようである。子規が、自らを「行脚」、すなわち旅好きの男と言っているのも興味深い。死んだならば「多病の人を守護」する「無念の一念大魔王」となると断言している。

79　新題を季ノ物ト定メテ

一昨日、拙宅俳会(中略)三川《さんせん》来り候。三川の発起にて「日本」の俳句等を出版せん(民友社より)との事、小生も賛成致候。冬の部だけ先《ま》づ版にせんとて、小生只今校閲中也。此《この》中へ冬帽、手袋、やきいも、毛布、襟巻、冬服、ストーヴ等の新題を季ノ物ト定メテ、入れんとす。貴兄も此題にて御つくり被下度《くだされたく》、御送付願上候。尤《もっと》も最初の事故《ことゆえ》、之《これ》を季に入れたりと見するにハ、他の冬の季を結ばぬ方、よろしと存候。

明治三〇年三月八日付高浜虚子宛子規書簡

*

書簡中の「三川」は上原三川《うえはらさんせん》、本名良三郎《りょうざぶろう》。子規門の俳人。慶応二年(一八六六)に信濃国(長野県)安曇《あづみ》郡花見村に生まれている(宮坂静生『正岡子規と上原三川』明治書院)。明治二九年(一八九六)、はじめて子規と対面している。書簡に窺《うかが》えるように、三川から『新俳句』(民友社)出版の提案があったのは、二日前の三月六日のこと。「冬の部だけ先づ版にせん」とあるから、当初は、分冊で出版ということであったようだ。

それはともかく、子規が「新題」、すなわち新しい季語に積極的な関心を示している点、大いに注目してよい。河東碧梧桐は、その著『新俳句研究談』（大学館）中、「新事物の諷詠」の条で、「子規子の事業多きが中にも、一些事のやうで忘るべからざるものは、この新題を捕へた点である。蓋《けだ》し我が俳句界に新空気を注入した先鋒であつた」と指摘、評価している。

子規が、「新題をものするも一興ならん」ということで、「新題」である「夏帽」に大いなる関心を示し、喧伝したのは、明治二九年八月二四日のこと。「夏帽」一〇句を示し、「もとよりつまらぬが多かれど、これこそは古来誰一人詠《よ》まざりし新題なれば、一句々々陳套《ちんとう》を脱せしこと自ら保証しても可なるべし。呵々」と述べている（『松蘿玉液《しょうらぎょくえき》』）。その関心が持続していたことが、右の虚子宛書簡によって確認し得るのである。子規は、「新題」を詠む面白さを「古来誰一人詠」んでいないので、「陳套《ちんとう》（陳腐）を脱」することができるからだと言っているのである。それゆえ、虚子に対して、他の季語を一緒に詠まないで、「新題」単独で詠むよう注意している。子規の積極進取の姿勢が窺えるエピソードである。

80　討死するのはかまはん

君、無理に書かなくてもいゝ。併《しか》し進んで書かうと思ふならいくらでも書いてくれたまへ。僕が坐ることが出来ぬやうになつたらいやでもかいてもらはにやならぬ。僕は雑誌と討死するのはかまはん。雑誌が俗受がしないので従つて売れぬので討死するのはかまはん、併《しか》し自分にも不満足な雑誌をこしらえて、それの犠牲になるのでは僕の命が余り可愛さうだ。心中も察してくれ給へ。

明治三一年一〇月初旬石井露月宛子規書簡

*

明治三一年(一八九八)一〇月、「ほとゝぎす」は、高浜虚子が柳原極堂から引き継ぎ、東京での発行ということになった。露月は、その新生「ホト、ギス」のために文章を寄せたのであるが、子規は、その文章が気に入らなかったようである。この書簡の冒頭で、

君が書いてる事は、何も書くべき事がないのを無理に書いたのだから、山といふ者がない。

と手厳しく指摘している。「山」とは、読者が一番面白いと感じられる内容の描写である。子

規は「何も書くべき事がないのを無理に書」くと、そういうことになると言っている。それゆえ「進んで書かうと思ふならいくらでも書いてくれたまへ」と伝えるのである。子規自身、新生「ホト、ギス」に対する決意を同書簡中で、

　世の中の人は（我々の仲間さへ）、此《この》一雑誌を軽く見て居《い》るのだらうけれど、僕は最早ひくこと出来ぬ行掛《いきがか》りになつて居るから、ホト、ギスが倒れるやうなら僕ァ生きていない積りだ。

と述べ、不退転の姿勢で臨んでいるのである。

この時点では、子規は、まだ机に坐って仕事をしている。翌年一月一一日付太田《おおた》正躬《まさみ》宛書簡の中では、

　毎日朝から寐る迄《まで》一寸《ちつと》も机をはなれたことは無之《これなく》候、尤《もつと》も敷蒲団の上に坐りて机を引寄る者故《ゆえ》、具合のわるきことはおびたゞしく候。

と語っている。子規は、「ホト、ギス」が俗受けすることを望んでいない。自らが満足し得る雑誌を作りたいと願っているのである。

明治という時代を、病《やまい》と闘いつつ、明るく駆け抜けた夭折の文豪——俳人という言葉で括《くく》るにはあまりにも惜しい——正岡子規の「人生のことば」は、まだまだあるが、ひとまずここで擱筆することにする。

正岡子規略年譜（**1**～**80**は、本書における子規の言葉の通し番号を示す）

慶応三年（一八六七）　**1歳**　9月17日（太陽暦10月14日）、伊予国温泉郡藤原新町（現在の松山市花園町三番五号）に正岡隼太《はやた》常尚《つねなお》（あるいは「つねひさ」か）、八重《やえ》の次男として生まれる。本名常規《つねのり》、幼名処之助《ところのすけ》、のちに升《のぼる》。

明治元年（一八六八）　**2歳**　湊町新町《しんちょう》（後の湊町四丁目一番地）に転居。

明治三年（一八七〇）　**4歳**　10月1日（太陽暦10月25日）、妹律《りつ》生まれる。

明治五年（一八七二）　**6歳**　3月7日（太陽暦4月10日）、父・隼太死去。享年40。

明治六年（一八七三）　**7歳**　「太陰暦を止《やめ》て太陽暦となし、明治五年一二月三日を明治六年一月一日と定め」る（福澤諭吉『改暦弁』）。母方の祖父大原観山《おおはらかんざん》（有恒《ありつね》）の私塾に通い素読を習う。末広小学校入学。

明治八年（一八七五）　**9歳**　勝山《かつやま》学校に通学。4月11日、観山死去。享年58。

明治一一年（一八七八）　**12歳**　初めて漢詩を作る。葛飾北斎の『画道独稽古』を模写する。

明治一二年（一八七九）　**13歳**　回覧雑誌「桜亭雑誌」「松山雑誌」などを作る。

明治一三年（一八八〇）　**14歳**　3月1日、松山中学入学。漢詩のグループ「同親会」を結成し、河東静《かわひがしせい》溪《けい》(竹村鍛《たけむらきとう》、河東碧梧《へきご》桐《とう》の父)の指導を受ける。

明治一五年(一八八二)　16歳　従兄弟《いとこ》半《はん》の三並良《みなみはじめ》、東京に遊学。　**27**

明治一六年(一八八三)　17歳　松山中学を中退し、6月、上京。母方の叔父加藤拓川《かとうたくせん》(恒忠《つねただ》)の紹介で太政官御用掛、文書局勤務の陸羯南《くがかつなん》を訪ねる。須田学舎、共立学校に学ぶ。

明治一七年(一八八四)　18歳　2月13日、随筆「筆まかせ」を書きはじめる。9月11日、東京大学予備門(のちの第一高等中学校)に入学。

明治一八年(一八八五)　19歳　哲学を志望。7月、帰省中に友人秋山真之《あきやまさねゆき》を介して井出真棹《いでまさお》に和歌を習う。俳句を作りはじめる。

明治一九年(一八八六)　20歳　4月29日、東京大学予備門が第一高等中学校と改称される。　**21**

明治二〇年(一八八七)　21歳　夏、帰省中に友人勝田主計《しょうだかずえ》(明庵《めいあん》)の紹介で、大原其戎《おおはらきじゅう》に会い、俳句を学ぶ。其戎の主宰誌「真砂《まさご》の志良辺《しらべ》」に投句を始める。

明治二一年(一八八八)　22歳　「七艸集」を執筆する。8月、鎌倉にて初めて喀血。第一高等中学校予科を卒業。9月、本科に進学。

明治二二年(一八八九)　23歳　2月11日の大日本帝国憲法発布の日、陸羯南の「日本新聞」創刊。夏目漱石と交友が始まる。4月、「水戸紀行」の旅で寒さの中での那珂《なか》川下り。のちの喀血の原因となる。5月9日、喀血。10日、肺病と診断され、「子規」の号を使いはじめる。夏、帰省し、静養。この頃より「俳句分類」、「俳家全集」に取り組むか。　**58**

明治二三年(一八九〇)　24歳　河東碧梧桐の句を指導。第一高等中学校本科を卒業し、9月11日、帝国

大学文科大学哲学科に入学。 **36・54・63・75**

明治二四年（一八九一） **25歳** 2月7日、哲学科から国文科に転科。碧梧桐の紹介で高浜虚子《たかはまきよし》との文通始まる。11月、武蔵野を廻って俳句を作る。小説「月の都」を執筆。芭蕉七部集の中の『猿蓑《さるみの》』によって俳句開眼。

明治二五年（一八九二） **26歳** 2月29日、上根岸八八番地（陸羯南宅の西隣）に転居。5月27日「かけはしの記」、6月26日「獺祭書屋俳話《だつさいしょおくはいわ》」を「日本新聞」に連載開始。10月24日、単行本『獺祭書屋俳話』のための序文を書く。11月、母と妹が上京。12月1日、日本新聞社に入社（当初は、嘱託扱いか。正式入社は、翌二六年四月）。実景を俳句にする味を悟る。 **28**

明治二六年（一八九三） **27歳** 1月、伊藤松宇《いとうしょうう》を中心とする俳諧結社「椎《しい》の友《とも》」の人々と交流する。3月、帝国大学文科大学を退学。5月21日、『獺祭書屋俳話』刊。夏一カ月、芭蕉を慕って東北を旅行し、紀行文「はて知らずの記」を書く。「日本新聞」に「芭蕉雑談」「文界八つあたり」を発表。
6・7・49・51

明治二七年（一八九四） **28歳** 2月1日、上根岸八二番地（陸羯南宅の東隣）に転居。11日、小新聞「小日本」が創刊され、編集責任者となる。洋画家中村不折《なかむらふせつ》と知り合い、写生の妙味を会得する。4月30日、「獺祭書屋俳話増補序」を書く。7月15日、「小日本」廃刊。25日、日清戦争が始まる。12月、河東碧梧桐、高浜虚子が上京。 **8・9・76**

明治二八年（一八九五） **29歳** 4月、従軍記者として遼東半島の金州、旅順へ行く。5月4日、軍医部長森鷗外に会う。14日、帰国の船中で喀血。23日、神戸に上陸し、そのまま神戸病院に入院。一時重体に陥る。7月23日、須磨保養院へ移る。8月下旬、松山に帰省。愚陀仏庵《ぐだぶつあん》で漱石と五〇日あまりを過ごし、地元の松風会会員と連日句会を催す。9月5日、『増補再版 獺祭書屋俳話』刊。10月、東京への帰途、奈良に遊ぶ。22日より「日本新聞」へ「俳諧大要」を連載。 **29・62・68・69・77**

明治二九年（一八九六） **30歳** 2月、左腰が腫れて痛み、歩行困難となり臥褥《がじょく》の生活となる。3月17日、カリエスとの診断を受ける。4月21日より「日本新聞」に「松蘿玉液《しょうらぎょくえき》」の連載を始める。9月5日、佐佐木《ささき》信綱《のぶつな》や与謝野《よさの》鉄幹《てつかん》らの新体詩人の会に人力車で出席。 **30・31・33・42・78**

明治三〇年（一八九七） **31歳** 1月2日より「日本新聞」に長篇俳論「明治二十九年の俳諧」を連載（全二四回）。連載途中の1月15日、柳原極堂《やなぎはらきょくどう》によって松山で「ほとゝぎす」創刊。4月13日より「日本新聞」に「俳人蕪村」を連載。5月、病状が悪化し、虚脱状態に陥る。9月、臀部に二カ所穴があき膿が出はじめる。12月24日、子規庵で第一回蕪村忌開催。 **4・18・26・56・64・71・79**

明治三一年（一八九八） **32歳** 1月15日、『蕪村句集』の第一回輪講会開く。2月12日、「日本新聞」に「歌よみに与ふる書」を発表し、短歌革新に乗り出す。3月14日、日本派の秀句集《アンソロジー》『新俳句』刊。25日、子規庵での初めての歌会を開く。7月、自ら墓誌銘を記す。10月10日、東京版「ホトヽギス」第一号が、虚子によって発行される。 **15・16・22・25・32・38・61・65・80**

明治三二年（一八九九） **33歳** 1月25日、『俳諧大要』刊。3月14日、香《か》取秀真《とりほづま》ら歌人が集まって子規庵歌会を再開。5月、病状悪化。秋、初めて水彩で「秋海棠」を描く。12月1日、『俳人蕪村』刊。同月、虚子により病室の障子がガラス張りに変えられる。 **10・12・34・39・40・41・46・47・53・59・66・67・73**

明治三三年（一九〇〇）　34歳　子規庵歌会に伊藤左千夫《いとうさちお》、長塚節《ながつかたかし》らが加わる。1月より「日本新聞」に「叙事文」を三回にわたり発表し、写生文を提唱する。9月8日、夏目漱石、ロンドンへ留学。11月、静養のため子規庵の例会を中止。12月20日、写生文集『寒玉集』刊。

2・19・20・23・43・57・60・74

明治三四年（一九〇一）　35歳　1月16日より「日本新聞」に「墨汁一滴」を連載。5月25日、子規編の日本派の秀句集《アンソロジー》『春夏秋冬・春之部』刊。同月下旬、病状悪化。9月2日より「仰臥漫録」を書きはじめる。6月29日、中村不折、フランスへ留学。10月頃から精神状態が不安定となる。麻痺剤モルヒネを飲み、痛みをやわらげながらの生活が続く。

1・5・13・14・17・35・44・45・48・52・55・70・72

明治三五年（一九〇二）　36歳　1月、病状悪化。連日麻痺剤を服用。3月末より、左千夫、秀真、森田《もりた》義郎《ぎろう》、虚子、碧梧桐、寒川鼠骨《さんがわそこつ》らが輪番で看護につく。4月15日、『獺祭書屋俳句帖抄 上巻』刊。5月5日より「日本新聞」に「病牀六尺」を連載開始。死の二日前まで書く（9月17日まで全一二七回）。6月、「菓物帖」を描き始める。「草花帖」「玩具帖」と写生を続ける。9月10日、枕もとで『蕪村句集』輪講会を開く。18日、〈糸瓜咲て痰のつまりし仏かな〉等「絶筆三句」を記す。19日午前1時頃、永眠。墓所は、田端の大龍寺。

3・11・24・37・50

（講談社版『子規全集』第二二巻の「年譜」を参照しつつ復本一郎の私見を加えて作成、年齢は数え年）

子規をめぐる人びと(索引)

数字は本書における子規の言葉の通し番号を示す

あ 行

浅井忠　あさい ちゅう(1856–1907)　俳号黙語，杢助．江戸生まれ．洋画家．作品に《春畝》《収穫》など．子規の友人．中村不折を子規に紹介．　**57**

天田愚庵　あまだ ぐあん(1854–1904)　通称天田五郎．磐城国(福島県)生まれ．僧，歌人．著作に『巡礼日記』など．子規の歌の開眼に影響を与えた．　**15**

有間皇子　ありまのみこ(640–658)　万葉歌人．孝徳天皇の皇子．謀叛の廉で処刑された．〈家にあれば笥に盛る飯を草枕旅にしあれば椎の葉に盛る〉は辞世歌の一つ．　**49**

五百木飄亭　いおき ひょうてい(1871–1937)　本名良三．筆名犬骨坊．松山生まれ．ジャーナリスト，「日本新聞」編集長，のち「日本及日本人」を主宰．常盤会寄宿舎時代よりの子規の友人．　**3, 6, 26, 32, 56**

石井露月　いしい ろげつ(1873–1928)　本名祐治．秋田県女米木生まれ．医師．子規門の俳人．子規生前，俳誌「俳星」を創刊．　**10, 32, 34, 40, 76, 80**

伊藤左千夫　いとう さちお(1864–1913)　本名幸次郎．上総国(千葉県)生まれ．子規門の歌人，小説家．森田義郎，長塚節，香取秀真らとともに歌誌「馬酔木」を創刊．小説に『野菊の墓』など．　**24**

伊藤松宇　いとう しょうう(1859–1943)　本名半次郎．信濃国(長野県)生まれ．俳人．子規に平等の句会を教える．子規とともに俳誌「俳諧」を創刊．　**26**

上野義方　うえの よしかた(生没不詳)　松山市二番町在住．離れ家を夏目漱石に貸す(愚陀仏庵)．　**29**

上原三川　うえはら さんせん(1866–1907)　本名良三郎．信濃国(長野県)生まれ．子規門の俳人．直野碧玲瓏とともに秀句集『新俳句』を編集．　**16, 79**

歌原邁　うたはら すすむ(生没不詳)　松山生まれ．子規の母八重の叔父(八重の母重の弟)．三並良の父．　**27**

鶯亭金升　おうてい きんしょう(1868–1954)　本名長井総太郎．下総国(千葉県)生まれ．戯作者，ジャーナリスト．戯作に『滑稽俳人気質』，随筆に『明治のおもかげ』など．　**51**

太田正躬　おおた まさみ(1865–1936)　号紫洲．松山生まれ．子規の「五友」(『筆まかせ』)の一人．松山中学時代の子規の同級生．　**39, 80**

大谷是空　おおたに ぜくう(1867–1939)　本名藤治郎．備前国(岡山県)生まれ．子規の「親友」(『筆まかせ』)．　**9**

大槻文彦　おおつき ふみひこ(1847–1928)　号復軒．江戸生まれ．国語学者．著作に『言海』『広日本文典』など．日暮里町金杉に住し，地図「東京下谷根岸及近傍図」がある．　**14**

大原観山　おおはら かんざん(1818–1875)　本名有恒．松山生まれ．子規の祖父(母八重の父)．松山藩儒．子規に素読を教授．**63, 65, 68**

大原恒徳　おおはら つねのり(生没不詳)　号蕉雨．松山生まれ．大原観山次男．子規の叔父，後見人．第五十二国立銀行勤務．**5, 6, 8, 9, 18, 40, 48, 63, 65, 66**

か　行

柏木素龍　かしわぎ そりょう(?–1716)　本名全故(たけもと)．阿波国徳島藩士．江戸時代の俳人，歌人．『おくのほそ道』の清書者．　**33**

加藤雪腸　かとう せっちょう(1875–1932)　本名孫平．遠江国(静岡県)生まれ．子規門の俳人．子規生前，俳誌「芙蓉」を創刊．　**78**

加藤拓川　かとう たくせん(1859–1923)　本名恒忠．松山生まれ．大原観山三男．子規の叔父．外交官，政治家．司法省法学校

時代からの親友陸羯南に子規を紹介．　**29, 62, 65**

香取秀真　かとり ほづま(1874–1954)　本名秀治郎．千葉県生まれ．子規門の歌人，鋳金家．歌集に『天之真榊』，著書に『正岡子規を中心に』など．　**23, 24**

河東静渓　かわひがし せいけい(1830–1894)　本名坤(したごう)．松山生まれ．松山藩儒．私学千舟学舎を開く．子規の漢学の師．　**7, 14, 39**

河東碧梧桐　かわひがし へきごとう(1873–1937)　本名秉五郎(へいごろう)．松山千舟町生まれ．河東静渓五男．子規門の俳人．虚子を子規に紹介．評論に『俳諧漫話』など．　**7, 14, 17, 20, 24, 28, 29, 30, 32, 36, 39, 66, 67, 68, 69, 70, 72, 76, 79**

菊池仙湖　きくち せんこ(1867–1945)　本名謙二郎．水戸生まれ．教育者，水戸学者．著作に『東湖全集』など．子規の友人．「七変人」(『筆まかせ』)の一人．　**2, 17, 21, 58**

紀貫之　きの つらゆき(872?–945)　童名阿古久曾(あこくそ)．平安時代の歌人．三十六歌仙の一人．『古今和歌集』の撰者の一人．著作に『土佐日記』．　**15**

陸羯南　くが かつなん(1857–1907)　本名実(みのる)．俳号蕉隠．陸奥国(青森県)弘前在府町生まれ．政治評論家，日本新聞社社長．著書に『近時政論考』など．子規の恩人．　**6, 9, 29, 41, 45**

陸しま　くが しま(1896–1987)　陸羯南五女．　**45**

陸てつ　くが てつ(1869–1934)　陸羯南夫人．　**45**

陸巴　くが ともえ(1893–1991)　本名ともゑ．陸羯南四女．　**45**

古島一雄　こじま かずお(1865–1952)　号一念，古一念．俳号古洲．豊岡(兵庫県)藩士の子．ジャーナリスト，政治家．「日本新聞」における子規の先輩．子規より俳句の手ほどきを受ける．『子規言行録』の実質的編者．　**8, 9, 11**

近衛篤麿　このえ あつまろ(1863–1904)　号霞山．京都生まれ．大アジア主義を唱えた政治家．著作に『近衛篤麿日記』など．**45**

さ　行

佐伯政直　さえき　まさなお(?–1915)　松山生まれ．子規の従兄弟(父常尚の兄佐伯政房の子)．第五十二国立銀行勤務．　**12, 41**

佐藤紅緑　さとう　こうろく(1874–1949)　本名洽六．弘前生まれ．子規門の俳人．著作に『滑稽俳句集』など．子規没後，『あゝ玉杯に花うけて』などの少年少女向け小説を多数発表．　**26, 35, 36, 61, 76**

佐藤三吉　さとう　さんきち(1857–1943)　美濃国(岐阜県)生まれ．医学者．子規に「プンクチオン」手術をした．　**18**

寒川鼠骨　さんがわ　そこつ(1875–1954)　本名陽光(あきみつ)．松山生まれ．子規門の俳人，歌人．写生文的体験記『新囚人』など．　**24, 26, 35**

謝霊運　しゃ　れいうん(385–433)　南朝宋の詩人．　**19**

た　行

高浜虚子　たかはま　きょし(1874–1959)　本名清．松山生まれ．子規門の俳人，小説家．俳誌「ホトヽギス」を第2巻第1号から東京で発行．　**10, 12, 13, 18, 20, 22, 24, 26, 28, 30, 31, 32, 33, 64, 67, 69, 70, 71, 73, 76, 78, 79, 80**

高浜真砂子　たかはま　まさこ(1898–1982)　東京生まれ．高浜虚子長女．結婚して真下姓．　**12**

竹村鍛　たけむら　きとう(1865–1901)　俳号黄塔(こうとう)．号錬卿．松山生まれ．河東静渓三男．国文学者．遺稿集『松窓余韵』．子規の「五友」(『筆まかせ』)の一人．　**7, 14, 39, 66**

炭太祇　たん　たいぎ(1709–1771)　別号不夜庵など．江戸の人．京住．蕪村と同時代の俳人．　**60, 74**

な　行

内藤鳴雪　ないとう　めいせつ(1847–1926)　本名素行．江戸松山藩邸に生まれる．俳人．著作に『鳴雪自叙伝』など．20歳

年少の子規により俳句に導かれる．　**35, 67, 68**

直野碧玲瓏　なおの へきれいろう（1875–1905）　本名了之晋．石川県金沢生まれ．子規門の俳人．上原三川とともに『新俳句』を編集．　**16**

中江兆民　なかえ ちょうみん（1847–1901）　本名篤介（とくすけ）．土佐国（高知県）生まれ．思想家．著作に『民約訳解』『三酔人経綸問答』『一年有半』など．　**44**

中川四明　なかがわ しめい（1849–1917）　本名勇蔵のち登代蔵．字重麗．別号紫明．京都生まれ．俳人，編集者．著書に『俳諧美学』など．子規と親交．　**10, 34**

中村不折　なかむら ふせつ（1866–1943）　本名鈼太郎（さくたろう）．江戸京橋生まれ．父母の地は信濃国高遠．洋画家，書家．著作に『画道一斑』など．子規の友人．　**25, 42, 57, 72, 73**

中谷無涯　なかや むがい（1871–1933）　本名哲次郎．東京麻布生まれ．俳人．著作に『新修歳時記』など．　**12**

夏目漱石　なつめ そうせき（1867–1916）　本名金之助．江戸牛込生まれ．小説家，俳人．小説に『吾輩は猫デアル』『坊っちゃん』『三四郎』『こゝろ』など．子規の「畏友」（『筆まかせ』）．　**1, 2, 4, 21, 29, 35, 36, 46, 54, 61, 64, 68**

新海非風　にいのみ ひふう（1870–1901）　本名正行．松山生まれ．俳人．常盤会寄宿舎時代よりの子規の友人．虚子の小説『俳諧師』の五十嵐十風のモデル．　**26**

は　行

藤井紫影　ふじい しえい（1868–1945）　本名乙男（おとお）．淡路国（兵庫県）生まれ．俳人，国文学者．著作に『俳諧研究』など．子規の友人．　**35, 77**

藤野古白　ふじの こはく（1871–1895）　本名潔（きよむ）．松山生まれ．子規の従兄弟（母八重の妹十重の子）．俳人．子規の編んだ『古白遺稿』がある．　**71, 76**

ま　行

正岡常尚　まさおか つねなお(つねひさ？)(1833–1872)　本名隼太常尚．松山生まれ．子規の父．松山藩士．　**63, 67**

正岡八重　まさおか やえ(1845–1927)　松山生まれ．大原観山長女．子規の母．　**5, 7, 8, 13, 15, 29, 32, 40, 63, 65, 67, 68, 77**

正岡律　まさおか りつ(1870–1941)　松山生まれ．子規の妹．
5, 7, 10, 13, 15, 40, 64, 65, 66, 68, 77

松尾芭蕉　まつお ばしょう(1644–1694)　本名忠右衛門宗房．別号桃青．伊賀国(三重県)上野赤坂生まれ．江戸時代の俳人．蕉風を確立．紀行文に『おくのほそ道』，撰集に『猿蓑』(去来・凡兆編)など．子規の『増補再版獺祭書屋俳話』(明治28年)中に『芭蕉雑談』．　**20, 33, 35, 40, 49, 53**

三並良　みなみ はじめ(1865–1940)　松山生まれ．歌原邁長男(子規の従弟半)．キリスト教思想家，ドイツ語学者．子規の「五友」(『筆まかせ』)の一人．　**27, 39**

三宅雪嶺　みやけ せつれい(1860–1945)　本名雄二郎．加賀国(石川県)金沢生まれ．評論家，哲学者．「日本人」(のちの「日本及日本人」)を創刊．子規と同じく日本新聞社社員であった．明治31年1月，子規の写真を撮影．　**55**

宮本仲　みやもと なかい(1856–1936)　信濃国(長野県)生まれ．子規の主治医．　**41, 52**

室生犀星　むろう さいせい(1889–1962)　本名照道．俳号魚眠洞．石川県生まれ．詩人，小説家，俳人．小説に『性に眼覚める頃』『あにいもうと』『杏っ子』など．　**62**

森鷗外　もり おうがい(1862–1922)　本名林太郎．石見国(島根県)生まれ．小説家，軍医．小説に『舞姫』『阿部一族』『高瀬舟』など．子規と交流．文芸誌「しがらみ草紙」「めさまし草」を創刊．子規に影響を与えた．俳句の実作も試みる．
18, 33

森知之　もり ともゆき(1867–1946)　旧姓安長知之．号松南，南渓．松山生まれ．子規の「五友」(『筆まかせ』)の一人．　**39**

森田義郎　もりた ぎろう(1878–1940)　本名義良．愛媛県周桑郡生まれ．子規門の歌人．伊藤左千夫，長塚節，香取秀真らとともに歌誌「馬酔木」を創刊．著作に『短歌小梯』など．
24, 37

や・ら行

柳原極堂　やなぎはら きょくどう(1867–1957)　本名正之．松山生まれ．俳人．松山で俳誌「ほとゝぎす」を創刊．著作に『友人子規』．子規の友人．　**22, 32, 38, 80**

山口素堂　やまぐち そどう(1642–1716)　本名山口信章．甲斐国(山梨県)生まれ．俳人．芭蕉と親交．　**33**

与謝蕪村　よさ ぶそん(1716–1783)　谷口氏，のち与謝氏．摂津国(大阪府)生まれ．江戸時代の俳人，画家．句集に『新華摘』，画に《夜色楼台図》《奥の細道図巻》など．子規に『俳人蕪村』(明治 32 年)の著作．　**60, 67, 74**

与謝野鉄幹　よさの てっかん(1873–1935)　本名寛．京都生まれ．歌人．文芸誌「明星」を創刊．詩歌集に『東西南北』など．子規と論争．　**23**

吉田匡　よしだ ただし(1872–?)　松山生まれ．常盤会寄宿舎時代の子規の友人．明治 22 年(1889)，子規とともに水戸紀行を試みる．　**58**

米山保三郎　よねやま やすさぶろう(1869–1897)　石川県金沢生まれ．哲学者．子規の友人．『吾輩は猫デアル』の登場人物「天然居士」のモデル．　**21**

蓮如　れんにょ(1415–1499)　室町時代の浄土真宗の僧侶．　**54**

＊陸しま，陸巴の没年に関して陸羯南研究者舘田勝弘氏の御教示をいただいた．

復本一郎

1943年愛媛県宇和島市生まれ
1972年早稲田大学大学院文学研究科博士課程修了(文学博士)
専攻—近世・近代俳論史
静岡大学教授，神奈川大学教授を経て
現在—神奈川大学名誉教授
著書—『俳句と川柳』(講談社学術文庫)，『余は，交際を好む者なり 正岡子規と十人の俳士』(岩波書店)，『子規とその時代』(三省堂)，『井月句集』(編注，岩波文庫)，『歌よみ人 正岡子規』(岩波現代全書)，『芭蕉の言葉『去来抄』〈先師評〉を読む』(講談社学術文庫)，『獺祭書屋俳話・芭蕉雑談』(注解・解説，岩波文庫)ほか

正岡子規 人生のことば　　岩波新書(新赤版)1660

2017年4月20日　第1刷発行

著　者　復本一郎《ふくもといちろう》

発行者　岡本　厚

発行所　株式会社 岩波書店
〒101-8002 東京都千代田区一ツ橋 2-5-5
案内 03-5210-4000　営業部 03-5210-4111
http://www.iwanami.co.jp/

新書編集部 03-5210-4054
http://www.iwanamishinsho.com/

印刷・三陽社　カバー・半七印刷　製本・中永製本

ISBN 978-4-00-431660-2　　Printed in Japan

岩波新書新赤版一〇〇〇点に際して

ひとつの時代が終わったと言われて久しい。だが、その先にいかなる時代を展望するのか、私たちはその輪郭すら描きえていない。二〇世紀から持ち越した課題の多くは、未だ解決の緒を見つけることのできないままであり、二一世紀が新たに招きよせた問題も少なくない。グローバル資本主義の浸透、憎悪の連鎖、暴力の応酬――世界は混沌として深い不安の只中にある。

現代社会においては変化が常態となり、速さと新しさに絶対的な価値が与えられた。消費社会の深化と情報技術の革命は、種々の境界を無くし、人々の生活やコミュニケーションの様式を根底から変容させてきた。ライフスタイルは多様化し、一面では個人の生き方をそれぞれが選びとる時代が始まっている。同時に、新たな格差が生まれ、様々な次元での亀裂や分断が深まっている。社会や歴史に対する意識が揺らぎ、普遍的な理念に対する根本的な懐疑や、現実を変えることへの無力感がひそかに根を張りつつある。そして生きることに誰もが困難を覚える時代が到来している。

しかし、日常生活のそれぞれの場で、自由と民主主義を獲得し実践することを通じて、私たち自身がそうした閉塞を乗り超え、希望の時代の幕開けを告げてゆくことは不可能ではあるまい。そのために、いま求められていること――それは、個と個の間で開かれた対話を積み重ねながら、人間らしく生きることの条件について一人ひとりが粘り強く思考することではないか。その営みの糧となるものが、教養に外ならないと私たちは考える。歴史とは何か、よく生きるとはいかなることか、世界そして人間はどこへ向かうべきなのか――こうした根源的な問いとの格闘が、文化と知の厚みを作り出し、個人と社会を支える基盤としての教養となった。まさにそのような教養への道案内こそ、岩波新書が創刊以来、追求してきたことである。

岩波新書は、日中戦争下の一九三八年一一月に赤版として創刊された。創刊の辞は、道義の精神に則らない日本の行動を憂慮し、批判的精神と良心的行動の欠如を戒めつつ、現代人の現代的教養を刊行の目的とする、と謳っている。以後、青版、黄版、新赤版と装いを改めながら、合計二五〇〇点余りを世に問うてきた。そして、いままた新赤版が一〇〇〇点を迎えたのを機に、人間の理性と良心への信頼を再確認し、それに裏打ちされた文化を培っていく決意を込めて、新しい装丁のもとに再出発したいと思う。一冊一冊から吹き出す新風が一人でも多くの読者の許に届くこと、そして希望ある時代への想像力を豊かにかき立てることを切に願う。

（二〇〇六年四月）

岩波新書より

短編小説礼讃	阿部　昭
四谷怪談	廣末　保
中国の妖怪	中野美代子
徒然草を読む	永積安明
万葉群像	北山茂夫
茂吉秀歌　上・下	佐藤佐太郎
アメリカ感情旅行	安岡章太郎
読書論	小泉信三
日本の近代小説	中村光夫
日本の現代小説	中村光夫
抵抗の文学	加藤周一
芭蕉句抄	小宮豊隆
平家物語	石母田正
中国文学講話	倉石武四郎
新唐詩選	吉川幸次郎 三好達治
文学入門	桑原武夫
万葉秀歌　上・下	斎藤茂吉

岩波新書より

随筆

ナグネ 中国朝鮮族の友と日本　最相葉月
医学探偵の歴史事件簿　小長谷正明
医学探偵の歴史事件簿 ファイル2　小長谷正明
里の時間　芥川仁 阿部直美
閉じる幸せ　残間里江子
女の一生　伊藤比呂美
仕事道楽 新版 スタジオジブリの現場　鈴木敏夫
もっと面白い本　成毛眞
面白い本　成毛眞
99歳一日一言　むのたけじ
土と生きる 循環農場から　小泉英政
なつかしい時間　長田弘
ラジオのこちら側で　ピーター・バラカン
百年の手紙　梯久美子
本へのとびら　宮崎駿

ぼんやりの時間　辰濃和男
文章のみがき方　辰濃和男
四国遍路　辰濃和男
文章の書き方　辰濃和男
思い出袋　鶴見俊輔
活字たんけん隊　椎名誠
活字の海に寝ころんで　椎名誠
活字博物誌　椎名誠
活字のサーカス　椎名誠
道楽三昧　小沢昭一 神崎宣武 聞き手
和菓子の京都　川端道喜
人生読本 落語版　矢野誠一
ブータンに魅せられて　今枝由郎
悪あがきのすすめ　辛淑玉
怒りの方法　辛淑玉
水の道具誌　山口昌伴
スローライフ　筑紫哲也
マンボウ雑学記　北杜夫
森の紳士録　池内紀

シナリオ人生　新藤兼人
老人読書日記　新藤兼人
夫と妻　永六輔
職人　永六輔
大往生　永六輔
現代人の作法　中野孝次
ジャズと生きる　穐吉敏子
日本の「私」からの手紙　大江健三郎
あいまいな日本の私　大江健三郎
沖縄ノート　大江健三郎
ヒロシマ・ノート　大江健三郎
命こそ宝 沖縄反戦の心　阿波根昌鴻
勝負と芸 わが囲碁の道　藤沢秀行
メキシコの輝き　黒沼ユリ子
アメリカ遊学記　都留重人
白球礼讃 ベースボールよ永遠に　平出隆
農の情景　杉浦明平
プロ野球審判の眼　島秀之助

岩波新書/最新刊から

1648 系外惑星と太陽系 井田茂著

想像を超えた異形の星たち。その姿は「地球とは何か」という問いへとわれわれを誘う。最新の観測技術が明らかにする別世界の旅へ。

1649 北原白秋 言葉の魔術師 今野真二著

詩、短歌、童謡、童話――その名を知らぬ人のない近代文学の巨匠の全貌を辿りつつ、他に類をみない広大な言語宇宙の秘密に迫る。

1650 日本の近代とは何であったか ―問題史的考察― 三谷太一郎著

政党政治、資本主義、植民地帝国、そして天皇制。これら四つの成り立ちを解き明かしながら、日本の近代の特質に迫る。

1651 シリア情勢 ―終わらない人道危機― 青山弘之著

「今世紀最悪の人道危機」と言われるシリア内戦。なぜ、かくも凄惨な事態が生じたのか。複雑に入り組んだ中東の地政学を読み解く。

1652 中国のフロンティア ―揺れ動く境界から考える― 川島真著

中国の存在が浸透する最前線では何が起きているのか。アフリカ、東南アジア、金門島などを訪ね、現場から中国を見つめなおす。

1653 グローバル・ジャーナリズム ―国際スクープの舞台裏― 澤康臣著

国境を越えて埋もれる悪を、いかに追い詰めていくか。調査報道の最前線にいる各国記者たちの素顔、取材秘技やネットワークに迫る。

1654 モラルの起源 ―実験社会科学からの問い― 亀田達也著

「群れ仕様」に進化してきたヒトの心。異なるモラルが衝突するグローバル社会にどう対応するか。文理の枠を越えた意欲作。

1655 『レ・ミゼラブル』の世界 西永良成著

膨大な蘊蓄にこそ『レ・ミゼラブル』の魅力はある。伝記とともに作品の成立過程をたどり、大作に織り込まれたユゴーの思想を繙く。

(2017.4)